밀란
쿤데라를
읽다

세계문학을 읽다 12

밀란 쿤데라를 읽다

김지용 지음

H

머리말

밀란 쿤데라를 처음 알게 된 것은 책이 아니라 영화 〈프라하의 봄〉(1988)을 통해서였다. 이 영화는 1968년 체코슬로바키아에서 일어난 민주화로의 움직임이 소련의 탱크에 짓밟힌 역사를 배경으로 몰락한 지식인의 허무적이고 냉소적인 삶을 담고 있었다. 내용은 난해했으나 장면은 매우 자극적이었고, 그래서인지 관객도 꽤 많았다. 이 영화는 소설을 원작으로 했는데, 그것이 바로 밀란 쿤데라의 《참을 수 없는 존재의 가벼움》이다. 그때 내게 영화는 굳이 소설을 찾아 읽을 만큼 매혹적이지 않았고, 밀란 쿤데라와의 첫 인연은 거기까지였다.

밀란 쿤데라를 다시 만난 건 삶에 치여 정신없이 세월을 보내던 20대 후반이 되어서였다. 그때 그는 한국에서 베스트셀러 작가로서 명성을 떨치고 있었다. 당시는 1989년을 기점으로 폴란드와 헝가리 등 동유럽 공산주의가 자본주의화했고, 1990년에는 제2차 세계대전 이후 동과 서로 나뉘었던 독일이 통일되는 등 미국과 소련을 중심으로 형성됐던 냉전 체제가 종식되어 가고 있었다. 한국 사회도 역사와 이념 등 큰 이야기가 퇴조하고 일상의 작은 개개의 이야기가 활발히 소비되었다. 분명 쿤데라의 소설은 이러한 분위기를 타고 있는 것처럼 보였다. 나 또한 그러했다. 뒤늦게 《참을 수 없는 존재의 가벼움》을 탐닉했고, 《불멸》에 경탄했으며, 그의 《농담》에 서늘한 즐거움을 느꼈다. 그때부터 나는 그의 신간이 번역될 때마다 서둘러 책을 사서 읽었다.

이후로 또 한참의 세월이 흘러 이 책의 집필을 맡으면서 나는 밀란 쿤데라를 다시 만나게 되었다. 그리고 30년의 시차를 두고 참을 수 없는 변화를 거친 현재의 나 자신도 만났다. 청춘의 끝 무렵에 사랑했던 애인을 몇십 년 뒤 좁은 골목길에서 재회한 듯, 그도 나도 그때와 같지 않았다. 그러나 그것이 씁쓸하지는 않았다. 책장 한구석에 그를 넣어둔 채 살아낸 세월은 풍성한 여백이 되었고, 그 위에 농익은 사유와 경험과 감정을 새롭게 채운 나는 다시 마주한 그에게 '여전히 당신을 잊지 않았다.'라고 부끄러운 고백을 할 수 있었다.

이 책의 목표는 뚜렷하다. 내가 그랬듯, 인생의 어느 순간에 그를 만나는 것은 유쾌한 일이다. 그러나 그 시기가 청소년기라면 아직 이를 수 있겠다. 그의 유머와 성찰을 이해하려면 삶을 통해 축적된 어느 정도의 경험이 필요하기 때문이다. 나의 목표는 이 책의 청소년 독자가 훗날 적당한 나이가 되었을 때 밀란 쿤데라를 기억하고 그의 작품을 한 번쯤 읽어보고 싶은 마음이 들게끔 작은 씨앗 하나를 심어두는 것이다. 사소하지만 참으로 가당찮은 욕심이다.

쿤데라가 자신의 총서에 포함한, 그러니까 자신의 작품으로 인정한 정본은 열다섯 권이다. 그중 이 책에서는 정본 4편과 그 외 작품 1편을 소개한다. 먼저 《농담》(1967)은 체코슬로바키아뿐 아니라 유럽 전역에 그를 알린 최초의 장편소설이라는 점에서, 또 이후 그의 소설에서 다룬 주제들이 모두 담긴 원형이라는 점에서 택했다. 《참을 수 없는 존재의 가벼움》(1984)은 그의 작품 가운데 가장 유명하며, 그를 세계적인 작가로 발돋움하게 한 작품이다. 소설의 본령을 잃지 않으면서 소설을 사색적 에세이에 근접시킨 소설로는 《불멸》을 능가할 작품이 없지만, 쿤데라를 처음 접하는 사람에게는 난해하고 부담스러울 수 있기 때문에 《정체성》을 대신 택했다. 《무의미의 축제》는 쿤데라가 정한 정본에는 포함되지 않지만, 그래서 더 눈길을 끌어 택하게 되었다. 《자크와 그의 주인》은 그가 인정한 유일한 희곡이고, 무엇보다 재미있다. 그의 에세이는 문학사에 대한 방대한 지식과 탐구 그리고 유럽적 교양이 어우러진 글들이라 배경지식이 없으면 자칫 지루하게 느껴지는 전문적인 글에 가깝다. 이 책에서 군데군데 인용하기는 했지만, 더 관심이 간다면 찾아 읽어도 좋겠다.

차례

Ø1

밀란 쿤데라의 삶과 작품 세계

1. 젊음과 시와 혁명

밀란 쿤데라는 1929년 체코슬로바키아에서 태어났다. 그가 태어난 체코슬로바키아는 지금은 없는 나라이다. 체코슬로바키아는 제1차 세계대전이 끝난 1918년에 오스트리아-헝가리제국의 지배에서 독립한 연방공화국인데, 1993년에 주민 투표를 통해 체코와 슬로바키아 두 개의 독립된 국가가 되었다. 체코는 현재 크게 두 지역으로 나뉘는데, 그중 하나가 보헤미아이고 다른 하나는 모라비아이다. 쿤데라가 태어난 곳은 모라비아 지방의 중심 도시인 '브르노'라는 곳이다.

쿤데라의 아버지는 피아니스트이자 음악원 교수였다. 쿤데라는 어린 시절부터 아버지에게 고된 피아노 훈련을 받았고, 아버지는 아들이 음악가가 되리라 믿었다. 쿤데라도 25세까지는 문학보다 음악에 더 끌렸다고 한다. 그는 현대 예술, 특히 아방가르드 미술에도 관심이 많았는데, 이러한 성향이 그의 소설이나 에세이의 소재가 되기도 했다. 그의 에세이집 《만남》 가운데 〈화가의 난폭한 몸짓: 프랜시스 베이컨에 대해서〉나 〈쇤베르크를 잊음〉은 예술에 대한 깊은 관심을 보여주는 글들이다. 크베토슬라프 흐바틱은 《밀란 쿤데라의 문학》에서 음악과 쿤데라 소설의 관계에 대해 이렇게 말했다.

> 피아노 연주는 어려서부터 쿤데라 삶의 일부였다. 음악은 쿤데라가 능숙하게 다룰 줄 알았던 첫 번째 예술 언어였다. 쿤데라의 소설 시학을, 특히 그의 소설 텍스트의 형식적 구성을 가까이서 관찰하게 되면, 그 형식적 구성이 음악으로부터 강한 영감을 받았다는 사실을 알 수 있다.

밀란 쿤데라는 10대 후반에 브르노를 떠나 프라하의 카렐대학에서 공부를 시작한다. 당시 체코슬로바키아는 제2차 세계대전이 끝나고 나치에 대한 공포와 해방군으로 들어온 소련군의 인기에 힘입어 공산당이 부상하고 있었다. 쿤데라도 자기 아버지에게 공산당 가입을 권유할 정도였는데, 그는 당시 공산주의가 "완전히 새롭고 다른 세계를 약속"했으며 "스트라빈스키, 피카소, 초현실주의만큼이나 자신을 사로잡았다."라고 고백했다.

대학에서 음악 이론, 영화, 문학, 미학 등을 공부하던 쿤데라는 사회주의 리얼리즘에 기초해 당시 체코슬로바키아 사회주의 연방 공화국 대통령이었던 코트발트와 소련의 스탈린을 찬양하는 시를 쓰기도 한다. 사회주의 리얼리즘이란 '위대한 공산주의 이상을 실현하기 위해 문학 역시 역사의 전선에 참여해야 한다'는 기조를 가진 소련의 문예사조를 말한다. 쿤데라의 첫 시집《인간, 그 광활한 정원》(1953)은 문단의 주목을 받았고, 이 시집에는 한국전쟁을 소재로 한 〈코리아 발라드〉도 실려 있다. 그는 1950년대 말까지 체코슬로바키아 시를 선도한 시인 그룹인 '5월 세대'를 이끌면서 사회주의 입장이 담긴 낙천적이고 긍정적인 시민의 정서를 시에 담아냈다. 순수한 희망과 열정으로 절망을 딛고 끝까지 행동하는 자가 바로 시인이다. 그래서 시인은 혁명가와 동의어가 되고 이것은 또 젊음을 동력으로 한다.

젊음과 시와 혁명은 서로 겹치는 부분이 많은 친화적인 말들이다. 그리고 이 말들의 공통분모는 자기도취(나르시시즘)이다. 젊음과 시와 혁명은 객관적 세계를 자아화(주관화)한다. 또 그것들은 세상에 드러나고 다른 사람에게 가 닿길 욕망한다. 쿤데라는 '자신의 자아를 사람들에게 강요하는 것, 그것이야말로 권력 의지의 가장 그로테스크한 버전'이라고 생각했다.

오래전부터 나는 젊은 시절은 서정적 시기라고 생각해 왔다. 다시 말해서 한 개인이 거의 전적으로 자기 자신에게 집중하고 있어서 주변 세계를 보지도, 이해하지도, 명료하게 판단하지도 못하는 시기라고 말이다. 이러한 가설(필연적으로 도식적일 수밖에 없는 가설이지만 도식으로서 내가 보기에는 적절한 가설)을 근거로 보자면, 미성숙에서 성숙으로의 이행은 서정적 태도에서 벗어남을 의미한다.

-《커튼》에서

쿤데라의 말에 따르면, 자기도취는 미성숙의 증거이며 이러한 미성숙은 과도한 자기 확신으로 이어져 주변을 공격한다. 이러한 모습은 역사에서 반복되는데, 중국 문화혁명 때 홍위병이 대표적인 예이다. 그러니 그가 공산당에 가입하여 혁명에 공감하고 시를 쓰던 젊은 날들을 뒤돌아볼 때, 그것이 그저 아름다운 추억으로만 남지는 않았을 것이다. 그는 서정적 열정이야말로 전체주의를 이루는 요소이며, 그런 차원에서 1948년 이후 체코슬로바키아 공산주의 혁명의 통치를 "사방의 담에 시가 수놓아 있고 사람들이 그 앞에서 춤을 추는 집단수용소"이자 "서정 시인들이 사형수와 더불어 통치한 시대"로 규정한다.

그렇다고 그가 공산당이나 사회주의에 대해 반감을 소리 높여 표출한 적은 없다. 흔히 이념이 바뀐 사람들은 그것을 정당화하기 위해 자신의 과거를 평가절하하거나 심지어 공공연하게 적대시하는 경향을 보인다. 철학자 칼 포퍼는 10대 후반에 마르크스주의에 심취해 '학생 사회주의 협회'에 가입하고 오스트리아 사회민주당

당원이 되기도 했으나, 이후 평생에 걸쳐 전체주의에 대해 격렬하게 비판했다. 그러나 쿤데라는 한 이념에서 다른 이념으로 옮겨간 것이 아니라 이념에서 탈이념으로 이동했기 때문에, 자신이 경험한 체제와 이념에 대해 떠드는 것이 오히려 그 체제와 이념에서 벗어나지 못하는 우스꽝스러운 모습이라고 생각했다.

2. 인간의 얼굴을 한 사회주의, 프라하의 봄

1950년 체코슬로바키아 공산당은 쿤데라의 개인주의 성향을 문제 삼아 당에서 그를 쫓아낸다. 그러나 1953년에 스탈린(1878-1953)이 죽고 그 뒤를 이은 흐루쇼프(1894-1971)가 스탈린의 만행을 공개하면서 스탈린 격하 운동을 벌인다. 이런 과정에서 쿤데라도 1956년에 공산당 재입당이 허용된다. 탈스탈린 움직임은 소련의 위성국가들에게도 영향을 미치는데, 1956년에 일어난 헝가리 혁명이 대표적이다. 헝가리 국민들은 정권의 소련 종속 정책에 반대하여 봉기를 일으켰는데, 소련군이 전차부대를 투입하여 12일 만에 진압되고 말았다. 체코슬로바키아 작가대회에서도 소련의 불법행위를 규탄했으며, 스탈린 기념 동상이 폭파되기도 했다.

쿤데라는 1952년에 대학교를 졸업하고 나서 프라하 국립예술대학 영화학부 조교를 거쳐 같은 대학의 교수가 된다. 그는 시 쓰기를 그만두고 세계문학과 시나리오 강의를 하면서 평론과 희곡, 소설 분야에 뛰어든다. 그의 첫 희곡《열쇠의 주인들》은 서유럽은 물론 소련과 미국에서도 공연되었고, 1963년에는 단편소설을 모아《우스운 사랑들》을 출간한다.

1960년대 중후반기, 쿤데라는 자신의 글과 체코작가연맹 활동을 통해 정부의 검열제 폐지와 체코슬로바키아 문화의 재건 및 유럽의 주류에 합류할 것을 주장한다. 이러한 그의 생각은 1967년 6월에 개최된 제4차 체코슬로바키아 작가대회에서 행한 '문학과 약소민족들'이라는 제목의 연설에서도 잘 드러난다.

> 잘못된 견해에 대한 가혹한 탄압을 포함한 어떤 의견에 대한 탄압은, 어떤 탄압이든 사실상 진실에 대한 역행, 즉 자유롭고 차별 없는 의견들을 견주어 볼 때 비로소 발견되는 그러한 진실에 대한 역행입니다. 사상과 표현의 자유에 대한 간섭은 어떤 간섭이든(검열의 방식과 명칭이 무엇이든) 20세기에는 파렴치한 행위이며, 아울러 한참 끓어오르고 있는 우리 문학에 커다란 부담으로 작용합니다.
> 한 가지 사실은 이론의 여지가 없습니다. 오늘날 우리 예술이 번창하는 것은 바로 정신의 자유가 진전되었기 때문입니다. 우리 문학의 운명은 이제 그 자유의 정도에 달려 있습니다.

이어서 "1960년대에 체코슬로바키아 문학과 예술이 보여주기 시작한 활력은 체코슬로바키아 민주주의가 싹튼 결과"라며 "문학에 본래의 지위와 존엄성을 되돌려주어야 한다"고 주장한다. 쿤데라를 포함한 지식인들의 주장은 1968년 체코슬로바키아 공산당 서기장이 된 알렉산데르 둡체크에 의해 '인간의 얼굴을 한 사회주의'로 수용된다. '인간의 얼굴을 한 사회주의'를 표방한 둡체크는 당시 국민들의 불만을 해소하기 위해 언론·출판·표현의 자유에 대한 통제를 완화했고 공산당에 대한 자유로운 비판을 허용함으로써 '프라하의 봄'을 열었다.

1967년은 쿤데라에게 중요한 해이다. 소설 《농담》으로 체코슬로바키아를 넘어 유럽 전역에서 인정받는 작가가 되었으며, 텔레비전 아나운서와 결혼한 것도 그 해였다. 쿤데라가 유럽에 소개되어 유명해진 데에는 프랑스 초현실주의를 주도했고 레지스탕스 운동과 프랑스 공산당원 활동을 해온 루이 아라공(1897-1982)의 공이 컸다. 아라공은 갈리마르 출판사를 통해 《농담》을 프랑스어로 출간하려고 애썼고, 소설을 읽어보기도 전에 서문을 써주겠다고 약속했다. 서문에서 아라공은 쿤데라를 이렇게 평한다.

> 금세기 최고의 소설가 중 한 사람으로, 소설이 빵과 마찬가지로 인간에게 없어서는 안 되는 것임을 증명해 보인 작가

체코슬로바키아의 민주화 운동인 '프라하의 봄'은 몇 달 만에 소

련의 탱크에 무참히 짓밟힌다. 소련은 '질서의 원상 복구'라는 명분을 내세웠다. 미국과 소련의 냉전 체제에서 공산주의 진영의 붕괴를 막아야 했던 소련은 체코슬로바키아의 민주화를 두고 볼 수 없었던 것이다. 소련은 이전에 체코슬로바키아를 독일의 압제에서 벗어나게 도와줬지만, 1968년부터 1989년 벨벳혁명이 일어나기 전까지 독일에 이은 또 다른 압제자가 되었다.

한편, 쿤데라는 파리에서 《농담》이 출판되면서 판촉 행사를 위해 프랑스를 여행할 기회를 얻는다. 당시 프랑스 언론에서는 그의 작품을 '스탈린 시대의 체코슬로바키아에 대한 증언'으로 보았으며, 쿤데라를 참여 지식인으로 추켜세웠다. 1968년 당시 프랑스는 훗날 '68혁명'이라 불리는 열기의 한가운데에 있었다. 68혁명은 프랑스 전역의 대학생들이 시위를 벌이고 천만 명이 참여한 노동자 파업으로 확산된, 기존의 가치와 질서에 저항한 전례 없던 반체제·반문화 운동이었다. 시위대의 대표적 구호였던 '금지하는 것을 금지한다!'는 이러한 분위기를 잘 드러낸다. 이러한 분위기에서 쿤데라가 프랑스인들에게 반체제 인사나 참여 지식인으로 인식된 것이었다. 그렇지만 쿤데라는 반체제 인사가 아니라 작가였기 때문에, 그리고 아직은 공산주의에 대한 희망을 품고 있었기에, 그는 체코슬로바키아로 되돌아왔다.

그러나 귀국 후 그를 맞이한 것은 가시밭길이었다. 1970년 공산당에서 제명된 것을 시작으로 교수직 재임용이 해지되고(1971) 재즈클럽 종업원 자리가 배당되었다. 쿤데라의 책들은 도서관과 서점에서 뽑혀 나갔으며 연설도 일절 금지된 처지가 되었다. 그러면서 아내가 영어 과외를 하고 쿤데라는 잡지에 가명으로 별자리점 글을 쓰면서 생활을 이어갔다. 비밀경찰국과 정보국은 10년 동안 그를 요주의 인물로 정하고 도청과 녹취, 미행과 촬영, 우편물 절취와 개봉 등의 방법으로 그를 감시했다. 체코슬로바키아 당국은 쿤데라를 엘리트주의가 머릿속에 깊이 뿌리박힌 적(敵)으로 여겼던 것이다.

쿤데라와 그의 아내는 코드명 '엘리트 1'과 '엘리트 2'로 지칭되었는데, 2019년에 이에 관한 2,374쪽에 달하는 체코슬로바키아 비밀경찰국의 일급 비밀 보고서가 공개되기도 했다. 쿤데라의 소설 《웃음과 망각의 책》에는 "우리의 유일한 불멸은 비밀경찰의 문서 자료 속에 있다."라는 아이러니한 표현을 찾아볼 수 있다.

이러한 통제와 감시는 쿤데라 부부에게만 닥친 일이 아니었다. 민주화 운동에 참여한 50만 명 이상이 직장에서 쫓겨났고, 12만 명은 주변 국가로 도망치듯 이민을 가야 했다. 현재 프라하의 페트르진 공원에 가면 '전체주의 폭정'이란 제목의 조각에 '4500, 205486, 248, 327, 170938'이란 숫자가 계단에 쓰여 있다. 1948년부터 1989년까지 체코슬로바키아에서 희생된 사람들의 숫자를 나타낸다. 감옥에서 숨진 사람 4,500명, 실형을 선고받은 사람 205,486명, 추방된 사람 248명, 국경을 넘다 총살된 사람 327명,

국외로 이민을 떠난 사람 170,938명을 추모하기 위해 그 숫자를 써넣은 것이다.

3. 망명 혹은 이민, 역사 밖에서

1973년에 카페 종업원으로 일하며 쿤데라가 쓴 두 번째 장편소설 《삶은 다른 곳에》가 출간된다. 당시 체코슬로바키아에서 그의 책을 출간한다는 것은 불가능한 상황이었을 텐데 어떻게 가능했을까? 프랑스에서 《농담》을 출간한 갈리마르 출판사와의 인연이 한몫했다. 갈리마르 출판사에서 프라하를 방문하면서 쿤데라를 만나곤 했는데, 이때 그의 원고를 몰래 가져가서 파리에서 출간한 것이다. 이 작품이 메디치 외국문학상을 수상하게 된다. 메디치상은 1958년에 제정된 상으로 신선하고 실험적인 작품에 주어지는 문학상이었다. 2023년에 한강의 《작별하지 않는다》가 한국 작가의 작품으로선 처음으로 '올해의 프랑스 메디치 외국문학상'을 받은 바 있다.

체코슬로바키아 당국은 쿤데라가 파리에 가서 상을 받을 수 있도록 비자를 발급해 주었다. 당국에서는 그가 망명하고 싶어 할 것이라고 생각했으며, 그러는 편이 더 좋겠다고 판단했기 때문에 내려진 결정이었다. 마침 그는 프랑스 브레타뉴 지방의 렌대학으로부터 교환교수 초청장을 받게 되는데, 쿤데라는 이 초청장을 근거로 당국으로부터 '프랑스 3년 거주 허가증'을 받는다. 이렇게 쿤데라의 프랑스 생활이 시작된다. 그의 나이 마흔여섯이었다.

쿤데라는 3년 계약이 끝났지만 체코슬로바키아로 돌아가지 않았다. 대신 파리에 있는 사회과학고등연구원에 가서 자신이 선별한 문학가와 작품들에 대한 세미나를 시작한다. 체코슬로바키아의 정치적 상황을 이해하고 그에게 우호적인 문인 친구들이 많았기에 가능한 일이었다. 카프카를 시작으로 헤르만 브로흐, 로베르트 무질, 야로슬라프 하셰크 등 이른바 부다페스트, 비엔나, 프라하를 잇는 '경이로운 삼각형(중앙 유럽)' 출신의 작가와 작품들이 세미나의 주제였다. 파리 사회과학고등연구원은 롤랑 바르트, 자크 데리다, 미셸 푸코 같은 당시 프랑스 지성의 흐름을 주도하던 사람들이 몸담고 있던 곳이기도 했다. 이때 다듬어진 쿤데라의 생각들이 나중에 《소설의 기술》(1986), 《배신당한 유언들》(1993), 《커튼》(2005) 등에 실린다.

1979년에 체코슬로바키아 공산당은 쿤데라의 국적을 박탈했고, 1981년에 프랑스 미테랑 정권은 그에게 프랑스 시민권을 주었다. 이 과정은 어쩌면 쿤데라에게 자연스러운 일이었을지 모른다. 《농담》 이후 그의 책들이 먼저 나온 곳이 파리였고, 그에게 그 상징적 의미는 매우 컸다. 그래서 쿤데라는 "프랑스는 내 책들의 조국이 되었고, 나는 내 책들의 길을 따라왔다."라고 말하기도 했다. 그는 작가로서의 조국으로 프랑스를 선택한 것이다.

프랑스에서 생존을 위해 글쓰기에 매달릴 수밖에 없던 쿤데라는 《웃음과 망각의 책》(1979)을 냈고, 그로부터 5년 뒤에 《참을 수 없는 존재의 가벼움》(1984)을 출간하여 세계적인 베스트셀러 작가가 되었다. 우리나라에 그의 이름이 알려지기 시작한 것도 이때부터이다. 1980년대 쿤데라의 인기는 대단했는데, 매년 노벨문학상 후보로 추천될 정도였다.

밀란 쿤데라는 수많은 문학상을 받았다. 게다가 1983년에 미국 미시간대학교는 그에게 명예박사 학위를 수여했고, '미국문화예술아카데미' 회원으로 추대되었을 뿐 아니라, 1986년에는 '미국현대언어협회' 명예회원이 되기도 했다. 그런데 그는 노벨문학상을 받지는 못했다. 1980년대부터 계속 유력한 노벨문학상 후보로 거론되었지만 끝내 받지 못했다. 노벨문학상은 형식의 파괴나 새로운 해석, 역사에 대한 관점 등 작품성과 문학적 기예가 선정 기준이겠지만, 작품이 창작된 당시의 시대적·사회적 상황과 그에 따른 작가의 행보 등 작품 외적 요소도 많이 고려된다. 자신의 나라나 정부의 정책을 적극적으로 비판하는 작가들이 수상하는 일이 많은 것은 그러한 이유 때문일 것이다.

이런 맥락에서 보면, 쿤데라가 평소 자신의 삶과 작품이 정치적·역사적으로 해석되는 것을 경계하고 거부하던 태도가 노벨문학상을 받지 못한 이유가 되지 않았을까 싶다. 쿤데라의 주변 친구들은 일관되게 쿤데라가 반체제에 대한 반감이나 정치적 거리감이 있었다고 증언한다.

> "반체제 인사라는 역할은 그에게 어울리지 않았어요. 그는 정치적 오해를 원치 않았죠. 그에게 중요한 건 작가로 사는 것이었어요." (도미니크 페르낭데즈)
> "쿤데라는 동서 관계의 꼭두각시가 되기를 바라지 않았어요. 소위 소설가의 '자아 우선'이라는 것이죠." (필립 솔레르스)

쿤데라는 '망명'이라는 단어도 좋아하지 않았다. 망명이라는 말은 순교자의 고통을 떠올리게 한다고 생각했기 때문이다. 그가 자신의 프랑스 삶에 붙인 단어는 '이민'이었다. 박성창 서울대 국어국문학과 교수와의 서면 인터뷰에서 쿤데라는 자신의 소설《향수》가 망명 문제를 정치적이고 이데올로기적인 관점에서 제기하고자 한 것이 아니라고 부인하며 망명을 이데올로기가 아닌 기억, 망각, 향수 등 인간의 실존적 범주 차원에서 다루고자 했다고 밝힌다.

> "저는 늘 정치적이고 이데올로기적인 상황은 실존적인 상황을 감추고 은폐한다고 생각합니다. 소설가에게 중요한 것은, 아니 제게 중요한 것은 이러한 정치적이고 이데올로기적인 문제를 벗어나 실존적 문제에 천착하는 것입니다. 망명의 실존적 문제는 '시간이란 무엇인가,

기억이란 무엇인가, 향수란 무엇인가?'라는 질문을 제기합니다."

– 서울대 국어국문학과 박성창 교수와의 서면 인터뷰에서

그러나 인간의 실존 영역은 정치적이고 이데올로기적인 것까지도 포함하는 것이므로 굳이 정치와 이데올로기를 도려내고 마치 순수한 실존적 영역이 따로 있는 것처럼 보는 시각이 가능한 것인지 모르겠다.

4. 하벨과 쿤데라의 경우

체코에는 이런 농담이 있다고 한다. "하벨은 감옥에 들어갔기에 대통령이 되었다. 쿤데라는 프랑스로 떠났기에 작가가 되었다."

바츨라프 하벨(1936-2011)은 작가로 출발했지만 정치인이 된, 쿤데라보다 늦게 태어나서 일찍 죽은 체코 사람이다. 그는 부유한 지식인 가문 출신이라는 집안 배경 때문에 공산화된 체코슬로바키아에서 교육이나 직장 배정 등에 제약이 많았다. 그래서 하벨은 극작가의 길을 선택했고 명성을 얻기 시작했다. '프라하의 봄'은 그에게 극작가에서 민주화 투사로 거듭나는 전환점이 되었다. 체코슬로바키아 지식인들이 모여 정치 개혁을 촉구한 '77헌장'(1977)에 공동대변인으로 참여한 후 민주화 운동에 본격적으로 뛰어들

었으며 여러 차례 투옥되기도 했다. 그러다 1989년 체코슬로바키아의 민주화를 이룬 벨벳혁명(신사혁명)의 주역으로 체코슬로바키아의 마지막 대통령(1989-1992)이 되었고, 이어 체코와 슬로바키아가 분리되고 나서 체코의 초대 대통령(1993-1996)으로 재직했다. 퇴임 후에는 본업인 극작가로 돌아가 활동을 계속했다.

하벨의 일생은 쿤데라의 일생과 묘한 대조를 이룬다. 둘 다 억압적인 공산 독재를 젊은 시절에 경험했다. '프라하의 봄'이 좌절된 후 쿤데라가 교수직에서 쫓겨나 재즈클럽에서 피아노를 칠 때, 하벨은 양조장에서 맥주통을 굴리고 있었다. 쿤데라는 이때를 이렇게 회고한다.

> 공산주의자들은 우리 나라의 정권을 잡고는 공포의 통치를 시작했다. 나는 광신주의와 독단주의와 정치적 재판을 경험을 통해 알게 됐다. 나는 또한 권력에 도취되고 권력에서 거부되고 권력에 대항하다가 죄의식을 느끼는 것이 어떤 것임을 깨달았다.
>
> -《르 몽드 데 리브르》와의 인터뷰에서(1984)

아래는 1990년 라디오와 텔레비전을 통해 전국에 중계된 하벨의 신년사이다.

> 나는 우리 모두에 대해 이야기하고 있습니다. 우리는 전체주의 체제

> 에 익숙해져 있었으며 그 체제를 바꿀 수 없는 사실로 받아들여 오래 지탱할 수 있도록 협력했습니다. 다른 말로, 정도는 다르다 하더라도 당연히 전체주의가 어느 정도 작동하도록 한 데 대하여 우리 모두가 책임이 있습니다. 어느 누구도 전체주의의 희생자만은 아니었습니다. 우리 모두가 공범자입니다.

두 사람의 체제에 대한 경험은 공통적이었을지 몰라도 그것에 대한 해석과 대응은 차이가 있다. 표면적으로는 하벨이 체코슬로바키아에 남아 저항하고 감옥에 갇힌 인물이라면, 쿤데라는 체코슬로바키아를 떠나 프랑스로 옮겨가 작가로서 성공하고 세계적인 명성을 얻었다.

그러나 이런 식의 단순한 비교는 한 사람을 용감한 사람으로, 다른 한 사람을 비겁한 사람으로 만듦으로써 그들의 행적을 성격이나 인격 탓으로 돌리기 쉽다. 두 사람에게는 보다 근본적인 관점의 차이가 있다. 하벨이 거짓에 대한 윤리적 저항과 진실에 대한 희망을 잃지 않았다면, 쿤데라는 진리라는 이름으로 자행된 억압을 겪으면서 오히려 진리의 부재, 인간의 이중성, 삶의 아이러니에 대해 깨닫는다.

그렇다면 쿤데라는 하벨의 삶과 작품을, 하벨은 쿤데라의 인생 행로와 그의 소설을 어떻게 생각했을까? 서로에 대한 언급을 발견할 수 없으니 알 수 없지만, 분명한 것은 쿤데라는 자신의 삶과 작품이 정치적으로 해석되는 것을 몹시 싫어했다는 것이다. 그는 프랑스판 《농담》에서 루이 아라공의 서문을 삭제한다. 쿤데라가 보기에 그 서문이 자신의 작품을 너무 정치화하고 공산당원으로 활동한 자신의 과거를 상기시킨다는 판단이 작용했을 것이다. 쿤데라는 프랑스의 한 일간지 기자와의 서면 인터뷰에서 "내 작품에 대해 가장 현명한 해석을 한 곳은 프랑스였지요. 여기서 비로소 내 작품은 정치성의 껍질을 벗고 가장 문학적인 시각에서 이해될 수 있었습니다."라고도 했다.

체코 국민에게 하벨과 쿤데라에 대한 인지도나 정서적 거리를 알게 해주는 자료가 하나 있다. 2005년 체코의 국영 텔레비전 방송사가 국민들을 대상으로 실시한 여론조사를 바탕으로 위대한 체코인 100명을 선정했다. 그중 바츨라프 하벨은 3위였고, 밀란 쿤데라는 85위였다. 실제로 체코 사람들은 쿤데라에게 특별한 애정을 보이지 않는다. 쿤데라는 《불멸》(1990)부터 작품의 배경과 인물을 프랑스와 프랑스인으로 바꾸었고, 《느림》(1995)에서는 원전 자체를 프랑스어로 썼다. 그러니 체코인들에게 쿤데라는 외국 작가로 인식될 수 있다.

그가 프랑스에 이주해서 프랑스어로 작품 활동을 한 것은 확실히 1967년 체코슬로바키아 작가대회에서 쿤데라가 했던 연설 내용과는 거리가 있다. 체코슬로바키아의 언어와 문학을 옹호하면서 자국의 편협한 지방주의를 깨고 유럽 문화의 흐름 속에서 문화적 주체성을 재건하자는 것이 요지였다. 또 프랑스에 막 도착한 당시의 심정과도 다르다. 1975년 독일 저널 《유럽의 이상》과의 인터뷰에서 "나는 체코슬로바키아로 돌아갈 권리가 있습니다. 그건 내게 대단히 중요합니다. 영원히 이주민으로 산다는 건 나에겐 우울한 일입니다."라고 말했었다.

그러나 어느 순간 쿤데라는 자신의 조국에 대해 뜨뜻미지근한 반응을 나타내었다. 벨벳혁명 이후 체코를 대여섯 번 방문하기도 했지만, 2000년대 들어서는 한 번도 방문하지 않는다. 2007년에 체코문학상을 수상하지만 쿤데라는 프라하에 가지 않고 녹음으로 감사 표시를 전했다. 또 2010년에 체코 브르노에서 그를 명예시민으로 추대하지만, 브르노 시장이 파리의 아파트로 찾아가 증서를 전달해야 했다. 쿤데라는 2019년 11월에 체코 국적을 회복하여 이중 국적 소유자가 된다.

5. 비밀은 나의 힘, 자발적 실종

쿤데라는 《참을 수 없는 존재의 가벼움》의 성공으로 세계에서 가장 많이 읽히는 작가 중 한 명이 되었다. 사진사들이 그를 성가시게 했고, 길을 가면 낯선 사람들이 그를 멈춰 세웠다. 프랑스에 온 뒤 처음 겪는 일이었다. 일종의 스타 작가가 된 셈이었다. 내밀한 사생활을 최고의 가치로 내세우는 쿤데라에게 이런 집중 조명과 과도한 관심은 성공의 대가로 치러야 하는 것치고는 너무 힘겨웠다. 타인들 앞에서 증발해 버리고 싶은 유혹을 느끼며 그는 자발적 실종을 기획한다.

1985년 6월, 쿤데라는 다시는 인터뷰를 하지 않겠다고 결심하고 이때부터 텔레비전 출연을 모두 거부한다. 마지막 텔레비전 출연 때도 얼굴을 두 손으로 가리고 있는 모습이 포착된다. 대면으로 직접 인터뷰하는 것은 종종 잘못 인용되고 부정확하게 전달된다고 판단해서 서면 인터뷰만 최소한으로 응한다. 이마저도 "내 저작권이 명기되지 않은 나의 말들은 이날 이후부터 가짜로 간주해야 한다."라고 말하며 자신이 교정을 보고 서명한 인터뷰 외에는 세상에 발표하지 않았다.

언론에 담긴 그의 사진들은 대개 그의 아내가 찍어 언론에 넘긴 것이다. 쿤데라는 사진 속에 자신의 개성을 박제하고 그것을 상업화하는 것을 거부했다. 그의 아내조차 "꼭 그는 누군가가 자신의 영혼을 훔쳐 갈까 봐 겁내는 인디언 노인 같다"고 표현할 정도였다. 자신의 소설에서 인용된 글들이 SNS를 타고 마치 격언처럼 변형되고 퍼져나가는 것을 못 견뎌 했고, 작품이 아니라 자신의 성격, 정치적 견해, 사생활 등에 관심을 갖는 대중의 취향에 아주 신물이 난다며 본능적 반감을 표출했다. 작가의 생애를 통해 문학에 접근하는 것에 거부감이 강했기에 자신의 삶과 작품을 철저히 구분해 주기를 바랐다.

> "인생에서든 문학에서든 고백하는 것에 나는 저항감을 느낀다. 나의 삶은 나의 비밀이며 그 누구와도 상관이 없다."

내 안에 있는 내밀한 것, 그 전적으로 사적인 것은 타인이 알려고 해서도 안 되고 설령 알게 되었더라도 누설해서는 안 되는 것일까? 쿤데라는 그렇다고 답한다. 그 내밀함이야말로 개인이 개인적인 존재로 살아간다는 증거이기 때문이다. 내밀함이 없다면, 그래서 모두 투명하다면 세상에 신비로움이 존재하기는 할까? 다양성이 꽃필 수 있을까?

진정성 혹은 솔직함이라는 명분으로 자신의 내밀함이 대중에게 전시되고 그것을 보고 대중들이 환호하면 다시 환호하는 대중을 향해 스스럼없이 자신의 속살을 더 내보이며 황홀해하는 시대는 위험하다. 알려고 해서도 안 되고 알게 되었더라도 누설해서는 안 되는 내밀함은 지켜져야 하기 때문이다. 내밀함의 내용이 바람직하건 그렇지 않건, 건전하든 변태적이든 간에 상관없다. 하루 동안에도 얼마나 말도 안 되는 상상이 꼬리에 꼬리를 무는지 조금만 따져봐도 알 수 있다. 내밀한 것은 밖으로 유출되는 순간 우리의 진짜 모습인 듯이 여겨지기 쉬우나, 그것은 참사를 빚어내고 흑역사로 남기 십상이다.

쿤데라는 자신의 성공으로부터 은둔함으로써 전적으로 개인적인 존재로 자신을 지키려 했다. 누구와도 나누고 싶지 않은 자신의 내밀함을 보전하려고 했다. 그의 자발적 실종은 죽을 때까지 대체로 성공한 것처럼 보인다. 그러나 쿤데라가 숨을수록 대중들은 그를 더욱 신비화했고, 그래서 그는 더 은근하고 더 지속적인 대중의 관심과 주목을 받을 수 있지 않았을까? 자신을 드러내고 싶고 자랑하고 싶은 욕망을 엄격하게 절제함으로써 작가보다는 작품이 돋보이게 하는 것이 그의 의도된 전략이 아니었을까?

그의 자발적 은둔은 개인주의적 성향 때문일 수도 있고, 조국을 떠난 자로서 남아 있는 사람들에 대한 부채 의식 때문일 수도 있다. 1980년 프랑스 정착을 결정하고 진행한 사회과학고등연구원의 세미나 참석자들의 소감에서 이러한 사정을 엿볼 수 있다.

> 소심함에 가까운 조심성이랄지, 혹은 조심성에 가까운 소심함이랄지 (중략) 언제나 그는 방어적인 것처럼 보였어요. (중략) 세미나에 참석한 학생들을 보지 않는 듯했고, 중부 유럽 문화의 한 특징인지는 몰라도 지나친 친교나 극성을 경계하는 듯했어요.

어느 학생의 증언이다. 또 랍비였던 질 베른하임은 쿤데라를 두고 "이 세상에는 어떤 책을 좋아하는지를 통해서만 이해할 수 있는 사람도 있다"는 것을 깨달았다고 고백하기도 했다.

쿤데라는 《참을 수 없는 존재의 가벼움》 출간 이후 1980년대 중반부터 1990년대까지 은둔을 이어가며 글을 쓰는 것보다 번역에 더 많은 시간을 썼다. 체코어로 쓰인 자신의 작품을 프랑스어로 다시 쓰는 대대적인 작업을 혼자 해나갔다.

그럴 만한 계기가 있었다. 1979년 일간지 및 잡지사와 인터뷰를 하다가 이런 질문을 받게 된다. "《농담》과 그 이후 작품 사이의 문체가 갑자기 변한 것을 어떻게 설명하시겠습니까? 어째서 《농담》의 화려하고 바로크적인 문체가 뒤이은 다른 작품들에서는 그토록 간결하고 투명하게 변한 건가요?" 쿤데라는 질문을 이해하지 못했다. 그날 저녁에 《농담》의 프랑스어판을 읽어보고 충격을 받았다. 《농담》은 번역된 것이 아니라 완전히 개작되었던 것이다. 그가 쓴 그대로의 문장은 하나도 찾아볼 수 없었고 프랑스인들이 아름답다고 여기는 문체로 모두 수정되어 있었다. 다른 나라에서도 사정은 마찬가지였다. 영국에서는 사유적인 구절들과 음악 이론에 대한 내용을 없앴을 뿐 아니라 순서까지 바꿔버렸다. 체코어를 한마디도 알지 못하는 번역자를 만나 어떻게 번역했냐고 묻자 '마음으로' 했다는 대답을 듣기도 했다. 알고 보니 체코어가 아니라 프랑스어판을 놓고 이중 번역을 했던 것이다.

이런 사실을 알게 된 쿤데라는 3개월에 걸쳐 《농담》의 번역을 수정했다. 1980년에 새로운 형태로 나왔으나 이것도 만족스럽지 못해 더 정확하게 다듬어 1985년에 《농담》의 결정판을 내놓는다. 그의 책을 한국어로 번역한 박성창 교수와의 서면 인터뷰에서 쿤데라는 "저는 프랑스어를 잘 알기 때문에 프랑스어 번역본은 마치 제가 체코어로 소설을 쓸 때처럼 한 자 한 자 꼼꼼하게 교정을 볼 수 있었다."라고 말했다.

이 경험은 두고두고 잊히지 않는다. 당시 체코의 독자들을 가질 수 없던 쿤데라로서는 번역이 곧 '전부'를 의미했다. 그는 자신의 작품이 번역될 때 단어 하나하나, 심지어 구두점까지 생략되지 않기를 원했다. 같은 단어의 반복을 피하려고 의도적으로 동의어를 찾아 바꾸는 번역을 혐오했다. 쿤데라는 파스칼의 말을 빌려 이러한 행태를 비꼬기도 했다.

> 한 문장에 반복되는 말이 있어 그것을 고치려 하다 보면 그것들이 워낙 고유해서 그것을 고치면 문장 전체가 엉망이 된다는 것을 알게 된다. 그것들은 그대로 두어야 한다. 그것이 특징인 것이다.

쿤데라는 세계 주요 나라의 언어로 번역된 자신의 책을 다시 점검했다. 그러면서 자신이 체코어로 작품을 계속 쓸 경우 번역자들과 계속해서 씨름할 수밖에 없음을 깨닫는다. 체코어는 널리 쓰이는 말이 아니다 보니 다른 나라에 체코어 전공자가 적을 수밖에 없었다. 체코어 번역자가 없는 나라에서는 체코어로 된 쿤데라의 소설을 직접 번역하지 못하고 대신 프랑스어 번역본을 기준 삼아 번역했다. 번역의 번역이었다. 쿤데라는 《참을 수 없는 존재의 가벼움》과 《불멸》 같은 작품들의 프랑스어 번역본을 단어 하나 빼먹지 않고 재검토하면서 프랑스어 '결정판'을 심혈을 기울여 정리한다. '자신에게는 서글픈 일이지만 남들에게는 웃기는 일이 아닐 수 없는' 곤혹스러운 일이었다. 그리고 마침내 "오직 저자가 재검토한 텍스트만이 체코어 원전과 같은 가치를 가진다."라는 선언을 하기에 이른다. 《불멸》(1990)에서는 소설 배경과 인물들이 프랑스와 프랑스인으로 바뀌더니, 1995년 《느림》부터 쿤데라는 아예 프랑스어로 소설을 쓰기 시작한다. 체코 출신의 프랑스 작가가 된 것이다. 프랑스인들은 그를 '프랑스 작가'라고 부른다. 그가 작품의 언어로 프랑스어를 선택한 것은 작은 나라 출신 소설가가 세계 무대에서 자신의 작품을 지키기 위한 몸부림이었을 수도, 혹은 자신의 작품을 세계에 널리 소개하고 팔기 위한 적극적 전환이었을 수도 있겠다.

7. 바보들은 답하고 소설가는 묻는다

"쿤데라 씨, 당신은 공산주의자입니까?"

"나요? 나는 소설가입니다."

"당신은 반체제파인가요?"

"아니오, 나는 소설가입니다."

"당신은 좌파입니까, 우파입니까?"

"어느 쪽도 아닙니다. 나는 소설가입니다."

《배신당한 유언들》에 나오는 이 가상 대화는 묘하게도 최인훈의 소설 《광장》을 떠올리게 한다. 남한 사회와 북한 사회를 모두 경험하고 개인의 자유(밀실)와 집단적 가치(광장)라는 양극단의 사회상에 회의를 느낀 《광장》의 주인공 이명준은 한국전쟁 중 포로로 잡히자 어느 이데올로기도 지배하지 않는 중립국을 택한다. 이명준에게 '중립국'이 쿤데라에겐 '소설가'인 것이다. 소설 속 인물과 실존 인물을 비교하는 것이 적절하지는 않겠지만, 두 사람 모두 이념과 체제를 거부한다는 점에서는 같다.

하지만 이명준의 '중립국'은 말 그대로 중립적이어서 구체적 지향점이 담겨 있지 않다. 반면, 쿤데라의 '소설가'는 이후 전개될 삶의 구체성이 담겨 있기에 적극적이다. 이명준이 가고 싶은 '중립국'이란 말에는 인간은 개인으로 살 수 없고 개인이 소속될 개인을 넘어선 단위, 가령 국가 같은 것이 필요하다는 전제가 깔려 있지만, 쿤데라의 '소설가'라는 정체성에는 사회나 민족, 국가 이전에 개인이 우선시된다. 쿤데라의 망명 혹은 이민도 개인의 실존을 사회나 민족, 국가보다 앞세울 때 가능한 선택지다. 쿤데라에게 자식이 없는 것도 그 연장선이다. 자식을 낳고 가족을 이룬다는 것은 개인이 개인이기를 멈추고 사회에 편입되는 첫 단추이기 때문이다. 누군가의 아버지가 된다는 것은 누군가의 남편이 된다는 것과 다르다. 부부는 헤어지면 남남이지만 부모와 자식은 헤어져도 남남이 될 수 없는 까닭에 부모는 온전히 개인으로 존재하기 힘들다. 공교롭게도 쿤데라의 소설들에 등장하는 인물들 가운데 자식이 있는 주인공은 극히 드물다.

프랑스 최고 권위의 학술원인 '아카데미 프랑세즈' 회원인 도미니크 페르낭데즈는 "쿤데라에게 제자는 없어도 예찬자들이 있습니다."라고 말했다. 쿤데라에게 스승과 제자 관계는 일종의 무리를 짓는 행위다. 무리를 짓는 순간 독립된 개인은 존재하기 어렵다. 예찬하고 추종하는 팬들은 스타와 교감하는 것같이 보여도 사실은 일방적인 관계이다. 스타는 팬들을 관리할 뿐 사귀지는 않는다. 스승과 제자는 어떤가? 얼핏 종속적인 관계처럼 보여도 사실은 서로 교감하는 가운데 간섭이 일어나고 서로 변화하는 의존적인 관계이다. 스승과 제자의 관계가 일단 성립되면 그들은 이전과 동일한 자신만의 인격을 고집할 수 없다. 쿤데라에게 팬은 있으나 제자가 없다는 말은 그가 철저히 독립적인 개인으로 자신을 유지하기 위해 의식적이든 무의식적이든 애썼다는 의미로 읽힌다.

쿤데라는 끝까지 자신만의 존재로 남길 바랐으며, 이때 자신만의 존재란 소설가로서의 정체성을 근간으로 한다. 그렇다면 쿤데라가 생각하는 소설가는 과연 어떤 사람일까? 그에게 소설가란 묻는 사람이다. 다음은 쿤데라의 서면 인터뷰 가운데 일부이다.

> 바보만이 만사에 대한 해답을 다 가지고 있다고 생각하죠. 소설은 만사에 대해서 다 의문을 품는다는 점에서 현명한 장르입니다. 돈키호테가 자기 집 대문을 열고 세상으로 나서자 세상은 그의 눈앞에서 온갖 질문들로 변해버렸습니다. 세르반테스가 그의 후손들에게 남긴 메시지는 '소설가란 그의 독자들에게 세상을 하나의 질문으로 이해하도록 가르쳐주는 사람'이라는 겁니다. 신성불가침의 확신들 위에 세워진 세계 속에서는 소설이 살지 못합니다. 그렇지 않으면 소설은 그저 그 같은 확신들을 알기 쉽게 설명해 주는 이야기가 되고 맙니다. 그것이야말로 소설 정신에 대한 배반이고 세르반테스에 대한 배반이죠. 레닌주의건 이슬람이건 그 무엇이건 전체주의적인 세계는 답의 세계일 뿐 질문의 세계가 아닙니다.

신성불가침한 확신으로 세상에 해답을 제공하려는 것은 전체주의적 발상이고, 쿤데라는 그러한 자들을 바보라고 말한다. 소설가와 전체주의자들은 양립할 수 없다. 그렇다고 쿤데라가 전체주의 비판에 전면적으로 나선 적은 없다. 쿤데라는 전체주의 비판에 관심이 없지만, 소설이 소설답지 않고 체제 비판의 수단으로 쓰이는 것에는 반대했다. 쿤데라는 전체주의 사회의 초상화를 그린 대표적 소설인 조지 오웰(1903-1950)의 《1984》에 대해, 소설을 가장한 정치사상으로 '이 소설에서는 상황이나 등장인물이 광고 포스터처럼 진부'하기만 하며 '어떤 현실을 순전히 정치적인 측면, 그것도 정치적 측면의 부정적인 일면으로 축소한' 나쁜 소설이라고 평한다. 인간의 삶을 정치로 축소하고 정치를 선전의 단순한 열거로 축소하는 것이 전체주의의 죄악인데, 그러한 전체주의의에 대한 반대에 유용하다는 이유로 소설이 선전처럼 전락하는 것을 용인할 마음이 쿤데라에겐 없었다.

쿤데라의 소설 《농담》이나 《참을 수 없는 존재의 가벼움》 등이 전체주의에 반대하는 정치소설이란 이유로 세계적인 유명세를 탔음에도 불구하고 정작 본인은 자신의 소설이 정치소설로 읽히고 자신이 반체제 소설가로 인식되는 것을 몹시 불편해했으니 아이러니가 아닐 수 없다.

8. 소설만이 할 수 있는 일, 인간 실존 탐구

프랑스로 이주한 쿤데라의 첫 번째 아파트에는 사진 액자 세 개가 있었는데, 세 개의 액자에 각각 담겨 있던 인물은 아버지, 레오시 야나체크, 헤르만 브로흐였다. 아버지와 아버지의 스승인 야나체크는 모두 음악가였는데, 아버지는 피아니스트였고 야나체크는 모라비아 출신의 작곡가이다. 나머지 한 사람인 헤르만 브로흐(1886-1951)는 소설가이다. 브로흐는 그의 아버지에게 물려받아 번성하던 방적(紡績) 사업을 접고 40세가 넘어 수학·철학·심리학 등의 공부와 소설 쓰기를 시작한 인물로, 그의 작품들은 난해하면서도 참신한 형식과 형이상학적 통찰로 20세기 모더니즘 문학의 선구로 평가받는다.

쿤데라에게 브로흐는 문학적 슈퍼에고(초자아)였다. 브로흐는 "오직 소설이 발견할 수 있는 것만을 발견하라. 그것만이 한 편의 소설이 갖는 유일한 존재 이유이다."라는 말을 했다. 쿤데라는 브로흐의 이 말을 충실히 따라 자신만이 얘기할 수 있고 소설로서만 가능한 얘기를 썼다. 쿤데라는 '이제껏 알려지지 않은 존재의 부분을 찾아내지 않는 소설은 부도덕한 소설'이라고 했다. 작가 정여울은 다음과 같은 말로 쿤데라의 소설을 소개한다.

> 소설을 통해서만 다다를 수 있는 앎의 영역이 있다. 소설 속의 지식은 무엇보다도 그 지식을 발화하거나 실천하는 허구의 인물을 통해 구현된다. 우리 삶에 절실한 주제이긴 하지만 논리적·철학적 사유의 정제된 형태로 표현하기 어려운 지식을 구현한다. 쿤데라 소설의 진실 건축법은 사유의 모험을 요구한다. 우리는 소설을 통해 교과서나 학교에서는 배울 수 없는 '삶의 진실'에 진입할 수 있는 입장권을 선물 받는다.

쿤데라는 자신의 작품을 프랑스어로 다시 번역할 당시에 만든, 쿤데라 자신의 핵심어, 문제어, 애착어에 대한 사전에서 '소설'을 "작가가 실험적 자아(인물)를 통해 실존의 중대한 주제를 끝까지 탐사하는 위대한 산문 형식"이라고 정의한다. 소설가로서 그의 관심은 체제 비판도 아니고 실제 현실이나 역사를 그대로 담아내는 것도 아니었다. 그는 인간적인 상황들의 미스터리, 상대적이고 애매하며 복잡한 인간 현상, 즉 인간이기 때문에 가능한 실존의 영역을 탐구하고 성찰하는 것에 관심을 두었다. 그래서 그의 소설들에는 유난히 인물들의 과거나 사회적 맥락, 역사적 배경이 제시되지 않으며 외모나 신체에 대한 묘사도 없다. 이런 것들은 인간의 실존적 상황과 그 상황이 불러일으키는 주제에 비해 부차적인 것들이기 때문일 것이다.

쿤데라에게 소설은 무엇보다 소설로서 존재해야 한다. 이는 소설가의 명성이 자신의 소설을 능가해서는 안 되며, 또 소설을 쓰는 철학자들은 자신의 사상을 밝히기 위해 소설이라는 형식을 이용해서는 안 된다는 뜻이다. 쿤데라는 심지어 작가가 자신의 소설에 대해 이야기하는 것조차 거북해하고 난처해했다. 이와 관련해서 그는 박성창 교수와의 서면 인터뷰에서 이런 말을 하기도 했다.

> 내 소설들을 설명하는 것, 작가가 말하고자 한 것이 무엇이었는지에 대한 질문에 대답하는 것을 나는 철저하게 거부합니다. 왜냐하면 작

가는 말하고자 하는 모든 것을 소설에서 다 이야기하기 때문입니다. 그리고 작가가 무언가를 말하지 않았다면 그것을 말하고 싶지 않았기 때문입니다.

쿤데라의 소설은 인물들이 배경을 바탕으로 사건을 통해 갈등을 경험하고 해결하는 고전적인 서사 방식을 따르지 않는다. 전통적인 소설적 이야기 위에다 주제를 얹는다. 이때 주제란 미리 기획되고 결정된 사상이 아니라 실존의 알려지지 않은 측면을 밝히기 위해 더듬거리고 애쓰며 가는 길에 발견되는 무엇이다. 그는 '소설이 주제를 버리고 이야기만 들려주는 것만으로 만족해 버리면 싱거워지고 만다'고 했다. 또 처음부터 끝까지 단숨에 읽을 수 있는 텍스트는 소설을 소비하게 만들고, 이런 소설은 재미있게 읽을 수 있을지는 몰라도 읽고 난 뒤에 남는 게 없다고 했다. 쿤데라 소설은 학구적이고 그래서 독자에게 사색을 요구한다. 그의 소설이 '에세이 소설', '철학 소설'로 불리는 것도 이런 까닭이다. 쿤데라는 소설은 최고의 지적 종합물이며 인간이 세계에 의문을 던질 수 있는 마지막 공간임을 역설했다.

쿤데라는 역사를 신뢰하지 않았다. 또한 필연이라는 무거운 단어도 비웃는다. 필연의 역사를 향한 집단의 움직임을 쿤데라는 끔찍하게 여겼다. 그에게 그것은 광기와 무거움과 비극을 의미한다. 쿤데라는 역사와 필연 반대편에 각각 개인과 우연을 놓는다. 개인이 맞닥뜨린 우연은 농담과 가벼움과 희극이다. 비극은 우리에게 인간의 위대함이라는 멋진 환상을 선사하며 그것을 통해 거짓 위안을 준다. 비극과 달리 희극은 모든 것이 무의미하다는 사실을 노골적으로 폭로한다. 가혹하지만 어쩌면 이것이 진실에 가까울지 모른다. 쿤데라의 작품은 인간에 대해 거침없이 의심하고 역사에 대한 환멸감을 숨기지 않으며 심오한 사유조차 농담처럼 가볍게 건넨다. 그러나 쿤데라의 저항과 의심, 환멸과 농담을 통해 우리가 도달하는 것은 인간에 대한 냉소와 절망이 아니라 끝없이 발견되는 인간 존재의 가능성이다. 찰리 채플린은 "인생은 가까이서 보면 비극이고 멀리서 보면 코미디"라고 했다. 쿤데라의 작품들에 담긴 인간 실존의 희극적 측면과 가벼움은 삶의 모습을 저 멀리서 관조할 때에 비로소 얻을 수 있는 값진 통찰이라 하겠다.

9. 한 줄짜리 프로필

> 체코슬로바키아에서 태어났다. 1975년에 프랑스에 정착하였다.

밀란 쿤데라의 책에 실렸던 저자 소개이다. 소박하다 못해 불친절하다는 느낌마저 든다. 태어난 연도나 지방은 물론 그의 학력도, 대표작도, 기타 활동도 언급하지 않았다. 그 이유는 쿤데라가 자신의 책에 이 내용만 넣도록 했기 때문이다. 그는 작가의 삶이나 인격 혹은 역사적·정치적 배경에 의해 작품이 해석되거나 채색되는 것을 끔찍하게 싫어했다. 쿤데라는 "소설가는 '자신의 생'이라는 집을 헐고 그 벽돌로 소설이라는 집을 짓는 사람이다."라고 말했다. 그래서 그의 소설에는 해설은 물론 번역자의 작품 이해에 대한 설명도 전혀 붙지 않는다.

또 쿤데라는 자신의 작품 출간을 직접 고른 작품들로만 엄격히 통제하려 했고, 번역도 프랑스 갈리마르 출판사의 플레야드 전집판을 번역 원본으로 삼을 때에만 허락했다. 당시 플레야드 판본을 주관한 담당자가 "나는 그 작품집의 편집자가 아닙니다. 쿤데라 자신이 편집자죠. 나는 비서로 작업에 참여했습니다."라고 말했다고 하는데, 쿤데라가 얼마나 자신의 책 출간에 마음을 쏟았는지 짐작할 수 있다.

한국이 세계무역기구(WTO)에 가입하기 이전엔 저작권 계약 없이 쿤데라의 시집이나 책들이 번역되었다. 그러나 1993년 이후 '개정 저작권법'이 발효되면서 이전과는 달리 그의 책을 출판하려면 계약이 필요했다. 이때 쿤데라는 자신이 유효하다고 인정하는 책만, 그것도 프랑스어 판본만 번역을 허락했다. 2013년에 우리나라에서 그의 전집 15권(소설 11편, 희곡 1편, 평론집 4편)이 민음사에서 번역되었는데, 이것은 프랑스어권 밖에서는 최초의 일이었다.

작가의 삶과 작품 세계, 대표작들을 자세히 소개하는 이 책의 구성 방식은 쿤데라가 짧은 자기 소개글에 담았던 생각과 어긋난다고 할 수 있겠다. 그의 주요 활동 및 이력뿐 아니라 시대적·사회적 배경을 채워 넣고, 자신의 작품으로 인정하기 꺼려했던 작품까지 다루고 있기 때문이다.

Ø2

밀란 쿤데라 작품 읽기

농담

La Plaisanterie, 1967

1. 세 가지 색 농담

농담은 '실없이 놀리거나 장난으로 하는 말'을 일컫는데, 사람들에게 웃음을 선사하여 딱딱하고 심각한 분위기를 한결 부드럽게 만들기도 한다. 보통 나쁜 의도나 진지한 마음을 담고 있지 않지만, 농담을 진담으로 받아들이는 경우도 종종 있어 서로 얼굴을 붉히며 언쟁을 벌일 수도 있고 남몰래 마음의 상처를 받기도 한다. 무심코 던진 돌에 개구리가 맞아 죽는 것처럼. 농담 중에는 '뼈 있는 농담'도 있는데, 이런 농담은 우스갯소리에 진심이 숨어 있으므로 흘려듣지 말고 곱씹어 봐야 한다.

농담은 일상을 넘어 정치적 상황과 역사적 사태에 적용되기도 하는데, 밀란 쿤데라의 《농담》도 이처럼 가볍지 않은 이야기를 다루고 있다. 밀란 쿤데라의 첫 장편소설이자 이후 전개될 그의 작품 세계를 모두 담고 있다고 평가받는 《농담》 속으로 들어가 보자.

① 재앙이 된 농담 - 루드비크

스무 살 청년인 루드비크는 모라비아 출신으로 프라하의 자연과학대학을 다니는 학생이자 공산당원이다. 어려서부터 책 읽기를 좋아해서인지 지적이고 유머가 있으며 친구들과의 관계도 나쁘지 않다. 이대로라면 그의 미래는 한마디로 전도유망하다. 한 가지 잘 풀리지 않는 일이 있기는 하다. 바로 연애! 루드비크보다 한 살 어린 마르케타는 재능 있고 예쁘지만 치명적인 약점이 있는데 너무 진지하다는 점이다. 절대 농담을 이해하거나 즐기지 못한다. 진지한 그녀와 사귀는 루드비크의 전략은 오히려 더 열심히 농담을 하는 것이었으나 좀처럼 통하지 않는다.

여름방학이 되자 마르케타는 공산당 교육 연수에 참가하게 되고, 루드비크는 그녀와의 관계를 진전시킬 기회를 뺏기게 되어 실망한다. 게다가 애타게 그리워하는 루드비크와 달리 마르케타는 연수원 생활을 매우 만족해한다. 이런 상황에 심통이 났던 루드비크는 그녀에게 충격과 혼란을 줄 생각으로 엽서를 보낸다.

> 낙관주의는 인류의 아편이다.
>
> 건전한 정신은 어리석음이라는 악취를 풍긴다.
>
> 트로츠키 만세!

여름방학이 끝나고 개학과 동시에 루드비크는 공산당 사무국으로부터 소환 명령을 받는다. 루드비크가 마르케타에게 보낸 엽서가 공개되었고, 루드비크의 교수와 친구들 100여 명으로 구성된 위원회는 엽서의 내용을 문제 삼아 루드비크를 당과 대학으로부터 쫓아내기로 전원 찬성한다. 루드비크는 마르케타를 놀리려고 한 말이라고 몇 번이고 말하고 자아비판과 탄원도 거듭했지만 소용이 없었다. 결국 루드비크는 반동분자가 되어 오스트라바의 탄광촌에서 3년간 강제 군사 복무를 하게 된다.

그런데 그 엽서의 내용이 왜 문제가 되었을까? 체코슬로바키아는 제2차 세계대전이 끝나면서 독일로부터 독립하고, 이어 공산당이 국민들의 압도적 지지를 받으며 정권을 장악했다. 새 시대와 새로운 삶이 시작된 것이다. 공산주의는 역사와 삶을 새롭게 건설하는 낙관주의를 의미했고, 낙관주의는 건전한 정신을 의미했다. 이런 분위기에서 "종교는 인민의 아편이다."라는 마르크스의 말을 패러디한 루드비크의 글은 공산주의에 찬물을 끼얹는 표현이었다. 게다가 트로츠키 만세라니!

트로츠키(1879-1940)는 1917년 러시아에서 일어난 '10월 혁명'의 주역으로 레닌과 함께 소련 건설에 큰 공을 세웠지만 스탈린과의 권력 투쟁에서 패배했다. 그래서 공산당에서 제명되고 또 자신이 세운 나라에서 추방당해 망명지를 떠돌며 스탈린 체제를 비판한 '사회주의의 적'으로 몰린 인물이다. 당시는 스탈린의 동상이 곳곳에 세워지고 그의 영향력이 소련을 넘어 공산권 국가 곳곳에 미치던 때였다. 그래서 루드비크의 역사적·사상적 흐름에 반하는 농담은 재앙이 된 것이다.

루드비크는 정신 개조를 위해 3년의 군사 복무와 반강제적인 3년의 연장 근무를 마치고 나서 쫓겨났던 대학으로 다시 돌아온다. 이때는 스탈린의 시대가 저물어가던 때였는데, 1953년에 스탈린이 죽고 나서 1956년 소련 제20차 전당대회에서 흐루쇼프가 스탈린의 죄상을 낱낱이 고발하는 연설을 하기도 했다.

시간은 다시 흘러 당과 대학에서 쫓겨난 지 15년이 지난 어느 날, 졸업하고 나서 과학기술자로 연구소에서 근무하게 된 루드비크에게 라디오 방송국 기자 헬레나가 방문한다. 그녀는 15년 전 엽서 사건 때 심의를 맡아 그에게 모욕을 주고 추방 결정에 앞장섰던 제마네크의 아내였다. 루드비크는 제마네크가 자신을 누구보다 이해하고 편들어 줄 거라 믿었었기에 그에 대한 배신감이 컸다. 루드비크는 그에게 복수하고 싶다는 생각이 들었다. 그래서 헬레나를 유혹해 자신의 젊음과 미래를 송두리째 빼앗는 데 한몫한 제마네크에게 복수하려 했다. 계획대로 루드비크는 헬레나를 유혹하는 데 성공한다. 그런데 제마네크와 헬레나는 오래전부터 애정이 없는 상태였다. 게다가 제마네크에게는 젊은 애인이 있었기 때문에 헬레나가 자신과 이혼해 주기를 바라고 있었다. 루드비크는 이 사실을 알고 자신의 복수가 허무하게 실패했음을 깨닫는다.

루드비크의 복수는 우습게 끝나버렸다. 대학에서 철학을 가르

치는 제마네크는 15년 전의 모습과는 딴판이었다. 자신이 한 일을 까맣게 잊은 사람에게, 자신이 복수의 대상이 된 줄은 꿈에도 생각하지 못하는 사람에게, 과거의 모습과는 180도 달라진 사람에게 복수가 무슨 의미가 있겠는가? 과거에 갇혀 복수심에 스스로를 옭아매는 바람에 시대의 변화를 놓치고 자신의 현재 삶도 시시하게 만들어버렸으니, 농담 같은 일이 아닐 수 없다.

② 소동이 된 농담 – 헬레나

헬레나는 라디오 방송국 아나운서이다. 대학 1학년, 사회가 혁명의 분위기로 들떠 있을 때 합창단에서 제마네크의 멋진 모습에 매료되어 결혼까지 하게 되었다. 지금은 딸 때문에 어쩔 수 없이 애정 없는 결혼 생활을 이어가고 있을 뿐이다. 그래서일까, 스탈린이 죽고 나서 모두 분노하고 당에 등을 돌릴 때조차 더욱 당에 열중한다. 주변 사람의 윤리적 타락에 대해서도 매우 엄격하다. 그러나 헬레나는 진심으로 자신의 삶이 토막 나지 않고 사랑으로 온전히 하나가 되길 바란다. 겉으로는 냉정해 보이지만 속으로는 영원한 사랑을 꿈꾸는 사람인 것이다.

그러던 중 여러모로 남편과 비교되는 루드비크를 만난다. 헬레나의 내적 욕망이 루드비크의 계산된 복수와 만나면서, 그녀는 루드비크에게 빠져들게 되고 그와의 사랑을 통해 자신의 삶이 구원받을 수 있을 것이라고 확신한다. 그런데 갑자기 루드비크가 태도를 바꾸어 다시는 만나지 않겠다고 한다. 이유도 모른 채 갑자기 추락한 그녀에게 남은 길은 스스로 세상에서 사라짐으로써 루드비크에게 죄책감을 안기는 것이었다.

헬레나에겐 카메라맨 조수가 한 명 있다. 남성성을 과시하고픈 열아홉 살 청년이다. 헬레나를 무척 좋아하지만 그녀에게 좀처럼 인정받지 못한다. 그는 변비 때문에 남몰래 고생하는 것이 창피해 진통제 통에 변비약을 넣고 다녔고, 그것을 알 리 없는 헬레나는 루드비크에게 죽음을 암시하는 편지를 전하고 카메라맨의 변비약을 통째로 삼킨다. 그 결과는, 죽음 대신 광란하는 창자와의 사투였다. 냄새나는 화장실 변기에 걸터앉아 탈진한 헬레나는 다급하게 그녀를 찾아낸 루드비크에게 욕설을 퍼붓는다. 루드비크는 자신이 계획한 복수의 전말을 전하며 해명하려 하지만 카메라맨이 가로막으며 헬레나의 말을 대신 전한다.

"그녀는 당신이 구역질 난대요! 당신이 그녀에게 똥을 싸게 한대요!"

카메라맨의 변비가 헬레나의 생명을 구했지만, 헬레나에게 남은 건 모욕과 수치심이었다. 루드비크의 엽서가 역사적·사상적 맥락과 어긋나면서 씁쓸한 재앙이 되었다면, 헬레나의 경우는 진통제 딱지가 붙은 약통과 변비약이란 내용물이 어긋나면서 포복절도할 소동을 낳은 것이다. 농담에서 비롯한 엽서는 진담으로 해석되었고, 진지했던 복수는 시시한 농담처럼 끝나버렸다. 비극적인 자살 시도는 설사 소동으로 끝났고, 시시한 농담으로 끝날 것 같던 카메라맨의 사랑은 진정성을 획득한다.

③ 비애가 된 농담 – 야로슬라프

야로슬라프는 루드비크가 자신과 마주치고도 피한 것이 서운했다. 루드비크는 야로슬라프의 가장 오래된 고향 친구이며 민속악단을 함께 만들 만큼 친한 사이였다. 루드비크는 대학생이 되고 곧장 공산당원이 되었고, 고향에 내려가 열변을 토하며 야로슬라프에게 공산당원이 되라고 설득했다. 루드비크가 말한 사회주의는 농촌 공동체가 꿈꾸던 유토피아이자 대동단결의 세상이었다. 결국 야로슬라프도 공산당에 가입하고 민속예술인의 길을 걷게 된다.

스탈린이 예술을 '민족적 형식 속에 담긴 사회주의적 내용'이라고 정의하면서 모라비아의 민속음악은 대대적인 정부의 지원을 받았다. 그래서 대학과 축제, 공식 연회장 등을 휩쓸었으며 해외 공연까지 다니게 되었다. 반대로 루드비크는 대학과 공산당에서 쫓겨나고 탄광촌에서 강제 군사 복무까지 해야 했다. 아이러니가 아닐 수 없었다. 스탈린이 죽고 루드비크가 대학에 복학하기 위해 고향 경찰서로 필요한 절차를 밟으러 왔을 때 루드비크는 변해 있었다. 그로부터 9년이 흘러 '왕들의 기마행렬'이 있는 날 불현듯 나타난 루드비크는 야로슬라프와 마주치고도 눈길을 돌려버렸다.

그러나 지금 야로슬라프가 온통 신경 쓰고 있는 것은 따로 있었다. 민속 행사인 '왕들의 기마행렬'에서 올해의 왕으로 야로슬라프의 열다섯 살 된 아들이 추대된 것이다. 얼마나 벅찬 일인가? 20년 전 야로슬라프가 열다섯 살 때 그 역시 왕으로 추대되었었다. 아들이 왕이 된다는 것은 그 아버지에게 경의를 표한다는 의미였다. 관심과 지원이 시들해진 민속예술에서 그나마 야로슬라프가 지금까지 노력한 것에 대한 보상인 듯싶었다. 그러나 야로슬라프의 아들은 그런 것엔 전혀 관심이 없었다. 민속음악보다는 미국 노래나 기타가 좋았고, 말이 아니라 오토바이 경주를 더 좋아했다.

야로슬라프는 겨우 아들을 설득해 왕의 말 위에 앉게 했는데, 동네 노인이 말하기를 자신의 손자와 야로슬라프의 아들이 함께 오토바이 경주를 구경하러 갔다는 것이 아닌가. 마을 순례가 진행되는 동안 왕은 얼굴을 가린 베일을 벗을 수 없고 말도 해서는 안 되기 때문에 말에 탄 사람이 아들인지 알 수가 없었다. 야로슬라프는 집에 돌아와 아내와 아들이 자신을 속였음을 알고는 허탈해하며 집을 나온다.

마음을 달래려고 찾은 강둑에 홀연 루드비크가 나타나더니, 동네 음식점에서 곧 있을 민속음악 연주회에 자신도 끼워달라고 부탁한다. 젊은 남녀들 속에서 야로슬라프와 루드비크는 뜨거운 연대감을 느끼며 자신들만의 연주에 몰입한다. 연주 도중 야로슬라프가 심근경색을 일으켜 구급차에 실려 가고, 루드비크는 쓰러진 친구를 두 팔에 안고 전율하며 눈물을 흘린다.

야로슬라프는 고향에 남아 조상 대대로 내려온 민속예술을 계승하고 전수하려고 애썼다. 그는 인간의 삶이 강물과 같기를 기대했다. 꼬리에 꼬리를 물고 앞세대가 뒷세대로 이어짐으로써 거대한 하나의 물줄기가 되기를 바랐다. 하지만 그것은 그만의 생각이었고, 자신의 아들과 아내에게조차 이어지지 않았다. 야로슬라프와 루드비크는 둘 다 자신의 신념에 매몰되었다가 그것에 대한 환상이 깨지면서 무너져 내렸다. 루드비크는 공산당에 가입해 역사의 수레바퀴를 직접 돌린다는 신념에 사로잡혔지만 결국에는 추악한 환상이었음을 알게 되면서 자신의 인생 전체가 "훨씬 더 광대하고 전적으로 철회 불가능한 농담" 속에 포함되어 있다는 것을 깨닫는다. 그가 내린 결론은 이렇다.

> 갑자기 모든 것이 선명하게 보였다. 사람들 대부분은 두 가지 헛된 믿음에 빠져 있다. 기억의 영속성에 대한 믿음과 고칠 수 있다는 가능성에 대한 믿음이다. 이것은 둘 다 잘못된 믿음이다. 진실은 오히려 정반대다. 모든 것은 잊히고, 고쳐지는 것은 아무것도 없다. 무엇을 고친다는 일은 망각이 담당할 것이다. 그 누구도 이미 저질러진 잘못을 고치지 못하겠지만 모든 잘못은 잊힐 것이다.

야로슬라프는 그동안 전통문화와 현대문명, 아버지 세대와 자식 세대, 현실과 상상, 이 두 세계의 조화를 믿고 두 세계를 동시에 살아내느라 늘 피곤했다. 전통문화가 부활하는 속도는 언제나 현대문명이 전통문화를 매장하는 속도보다 느리고, 요즘 세대들은 아버지 세대가 따분하고 재미없다며 등을 돌리며, 현실의 막강한 위력은 상상이 뿌리내릴 곳을 빼앗고 그 초라함을 조롱한다. 비로소 야로슬라프가 깨달은 것이 하나 있었다.

> 두 세계 사이의 조화를 믿은 것은 헛된 미망이었고, 그중 하나의 세계인 현실의 세계로부터 추방당했고 느닷없이 모든 것이 끝났음을 알았다. 이제야 비로소 나는 왜 왕이 얼굴을 가리고 있어야 하는지 이해할 수 있다. 그것은 사람들이 그를 보지 못하도록 하기 위해서가 아니라 그가 아무것도 보지 못하도록 하기 위해서였던 것이다.

왕이 보게 될 세상은 자신이 원래 속한 세상과 연결된 곳이 아니고, 그가 속할 곳은 지금 여기에 없다. 그것을 알게 될 왕은 비애에 젖을 것이 분명하다.

2. 《농담》이 던지는 세 가지 질문

밀란 쿤데라는 "소설의 정신은 복잡성의 정신이다. 사물은 여러분이 생각하는 것처럼 그렇게 단순하지 않다."라고 말했다. 그래서 일까, 《농담》은 한 사람의 화자가 등장하여 처음부터 끝까지 시간 순서에 따라 단선적인 이야기를 전달하는 전통적인 이야기 기법을 따르지 않는다. 동일한 사건에 대해 각기 다른 화자가 등장하여 각기 다른 이야기를 전개한다. 7부로 구성된 《농담》은 중심인물 세 명(루드비크, 헬레나, 야로슬라프)이 돌아가며 자신의 이야기를 독백 형식으로 이어가다가 7부에 가서는 다 함께 나와 교대로 이야기를 한다.

루드비크와 헬레나의 만남은 같은 사건이지만 루드비크에겐 계산된 복수였고 헬레나에겐 낭만적 사랑이었다. 화자에 따라 전혀 다르게 적힌다. 한 사건이 여러 인물에 의해서 겹쳐지면서 전혀 다르게 조명된다. 왜 그렇지 않겠는가? 내가 내 삶의 주인이듯, 타인도 각자 저마다 제 삶의 주인이지 않겠는가?

'다성학(多聲學)'이라 불리는 쿤데라식 서술 방식은 소설을 읽을 때 독자들이 긴장의 끈을 놓지 않게 한다. 화자가 바뀔 때마다 멈춰 서고 되돌아가서 다시 이야기를 재구성하도록 만들어 사건의 진실이 무엇인지 묻게 한다. 그러나 이런 쿤데라의 이야기 방식이 독자의 몰입을 유도하는 장치로만 작용하는 것은 아니다. 여기에는 그의 더 큰 세계관과 성찰이 반영되어 있다.

– 유일한 진리는 없다.

- 역사 또한 객관적인 하나의 사실이 아니라 필연적으로 각기 다른 해석에 의존한다.
- 우리의 기억은 변덕스러워 원하지 않는 것을 지워 없애거나 원하는 것을 지어내기 위해 새로운 이미지를 덧씌운다.

이러한 생각을 드러낼 수 있는 적절한 소재가 있다면 아마도 '농담'일 것이다. 농담은 획일적인 문화가 지배하는 분위기에서는 가능하지 않은 다양성의 정신이기 때문이다.

《농담》에는 생각해 볼 질문들이 많다. 좋은 소설은 인간과 세계에 대한 깊이 있는 인식에 이르게 한다.

① 복수는 가능한가?

세월이 흐르면 복수할 상대방은 외적으로든 내적으로든 변하기 마련이다. 하지만 복수하는 자의 머릿속엔 원수 같은 상대방이 늙지도 않고 그때 그 모습 그대로 남아 있다. 끝내 복수를 하지 못하면 상대방은 내 안에서 세월의 흔적 하나 없이 영원성을 얻을 수도 있으니, 오히려 더 끔찍한 일이다. 변해버린 상대방에게 자기가 알았던 사람이 아니라고, 왜 다른 사람으로 변했냐고, 다시 예전의 모습으로 돌아가라고 해봤자 자신만 웃음거리가 될 뿐이다. 게다가 상대방이 나의 복수에 앞서 진정으로 용서를 빌면 그땐 어떻게 할 것인가?

복수가 불가능하다면 나의 억울한 마음은 어떻게 풀어야 할까? 복수에 실패한 것을 깨달은 루드비크가 했던 말이 도움이 될 수도 있을 것 같다.

> 내가 제마네크 앞으로 나아가 그의 따귀를 때렸어야 했던 것은 바로 그때, 대학 강당에서, 제마네크가 〈교수대 아래에서 쓴 르포〉를 낭독하고 있었을 때, 바로 그때였고 오로지 그때뿐이었다.

② 다른 사람을 사랑하는 것은 가능한가?

사랑이 두 사람의 완벽한 일치를 의미하는 것이라면 사랑은 불가능의 영역에 속한다. 상대와 나의 일치 이전에 나의 몸과 마음조차 일치하기가 어렵다. 정신적 교감 없이 육체적 사랑만 가능한 이유도, 반대로 육체적 결합 없이 정신적 교감이 가능한 이유도 몸과 마음이 쉽게 따로 놀기 때문이다.

또한 자아는 단일한 정체성을 가지고 있지 않다. '나'라는 자아는 여러 모습을 지니고 있다. 몸과 마음이 일치하기 어렵고 자아도 일관된 모습이 아니라 여러 얼굴을 가졌다면, 내가 누군가를 사랑한다는 것은, 또 우리가 서로 사랑하고 있다는 믿음은 환상과 오해를 전제하지 않고서는 불가능하지 않겠는가?

《농담》은 루드비크가 고향을 찾는 것으로 시작하는데, 친구 코스트카의 소개로 들른 이발소에서 면도를 해주는 여인을 만난다.

그녀는 루드비크가 15년 전 탄광촌에서 군사 복무를 할 때 그에게 위로와 평온을 주었던 선물 같은 여자, 열렬히 사랑하고 결혼까지 생각했지만 어느 날 그를 떠났던 루치에였다. 코스트카에게서 루치에 이야기를 전해 들은 루드비크는 그제야 그녀가 갑자기 떠난 이유를 알게 되었고, '과연 자신이 그때 그녀를 사랑하긴 한 걸까?' 되묻는다.

③ 인생을 내 뜻대로 살 수 있는가?

그렇지 않다. 생각할 필요도 없는 당연한 질문이다. 사랑도 복수도 내 뜻대로 안 되는데 무엇인들 뜻대로 되겠는가? 《농담》은 사소하고도 사적인 행동 하나가 우리 의도와 달리 어떻게 인생을 끌고 가는지 보여준다. 사물은 단순하지 않고, 사실은 생각보다 더 복잡하며, 모든 일은 애초 생각했던 것과는 다르게 끝난다. 이렇게 볼 때 자신을 자기 인생의 주인공이라 믿고 있지만 그것은 분명한 사실이 아니다. 셰익스피어의 말처럼 '세상은 하나의 무대요 사람들은 한갓 배우에 불과하며, 저마다 등장하고 퇴장하면서 평생 여러 가지 역할을 연기하는 것'이 아닐까?

《농담》에 등장하는 서술자들은 소설의 말미에 모두 추락과 해체를 경험한다. 그들은 한때 젊었고, 젊다는 이유로 낭만적인 열정과 광적인 확신을 가졌으며, 이것은 다시 자기중심적인 환상과 독단적인 신화를 추구하도록 만들었다. 그리고 시간이 한참 흘러 그 모든 환상과 신화가 현실과 동떨어지면서 그들은 추락과 붕괴를 면하지 못한다. 젊음은 미숙하다. 젊은 루드비크는 어리석었고, 젊은 헬레나는 유치했으며, 젊은 제마네크는 어린애처럼 관심받기를 좋아했었다. 비극의 원천은 젊음 그 자체였고, 젊음은 원하건 원하지 않건 그냥 주어지는 것이므로 그들의 잘못이 아니었다.

우리가 확실하게 말할 수 있는 것은 세상에 확실한 것은 없다는 것뿐이다. 이러한 사실이 우리를 불안에 떨게 하고 도전 앞에 망설이게 하는 원인이 되지만, 또한 뜻밖의 우연을 따라가다 보면 인생의 다채로움이 펼쳐지기도 한다. 중국 고전소설 《삼국지연의》에서 제갈량은 '진인사대천명(盡人事待天命)'이라고 했다. 인간으로서 해야 할 일을 다 하고 나서는 하늘의 명을 기다린다는 뜻이다. 기꺼이 도전하되 결과에 욕심부리지 말고, 후회 없이 사랑하되 집착하지 않으면 될 일이다.

3. 농담이 끝나고 난 뒤

밀란 쿤데라는 이 작품을 1961년 접어들어 스케치하기 시작했고 탈고한 것은 1965년 12월이다. 바야흐로 '프라하의 봄'이라는 민주화·자유화의 분위기가 무르익을 무렵이었지만, 체코슬로바키아 사회에 대한 비판적 내용 때문에 당국의 검열 대상으로 올라 책의 출간을 낙관하기 어려웠다. 약 1년 동안 검열에 걸려 있다가 최종적으로 1967년에 아무런 수정 없이 출간되었다. 그해에 12만 부가 팔렸으며 1968년 봄에는 '체코슬로바키아 작가동맹상'을 수상했다. 그러다 '프라하의 봄'이 좌절되면서 이 책은 그의 다른 책과 함께 판매가 금지되었고 모든 공공도서관에서도 사라졌다.

소련 침공 후 2년 동안 《농담》은 프랑스를 시작으로 세계 모든 비공산 국가에서 출판되었다. 쿤데라는 1970년에 공산당에서 제명된 뒤 어려운 시기에 놓이는데, 이때 《농담》의 저작권 수입이 생계를 유지하는 데 큰 도움을 주었다. 또한 이 책으로 쿤데라는 프랑스와 인연을 맺게 된다. 1968년 파리에서 《농담》이 출간되자마자 쿤데라는 유명 작가가 되었고, 그의 책을 홍보하기 위해 쿤데라를 초청한 것이다. 당시 프랑스 언론에선 '스탈린 시대 체코슬로바키아 사람들의 운명과 일상을 풍자적으로 증언하고 있다'는 식으로 소개되었다.

이러한 사정은 체코슬로바키아 국내에서도 비슷했다. 당시 체코슬로바키아 사람들은 《농담》의 내용 가운데 헬레나가 자살하려고 먹은 약이 사실은 변비약이었고 이 때문에 설사를 해대는 장면에서 박장대소했다고 한다. 직장 동료들에게 '교조주의자, 당의 충견, 강경파, 광신자'라고 불리는 헬레나가 추한 모습으로 전락하는 모습이 부패하고 이중적인 공산당 정권에 대한 모욕으로 받아들여졌고 이에 대리만족을 느꼈기 때문일 것이다.

1982년 미국에서 첫 완역 영어판이 출간되었는데, 밀란 쿤데라는 서문에서 《농담》의 첫 아이디어는 한 소녀가 애인에게 주기 위해 묘지의 꽃을 훔치다가 경찰에 체포된 사건에서 비롯되었다고 밝혔다. 이 영어판에는 체코슬로바키아 민속음악에 대한 부분이 많이 삭제되었는데, 이를 알게 된 쿤데라는 공산당의 검열처럼 폭력적이고 파괴적이라며 강하게 항의했다고 한다. 1985년 프랑스어로 된 《농담》 결정판이 세상에 나왔고, 체코어로 다시 출판된 것은 1989년 슈크볼레츠키 부부의 출판사에서였다.

사실 《농담》은 쿤데라의 첫 장편소설이지만 첫 소설은 아니다. 자신의 단편소설을 모은 《우스운 사랑들》을 《농담》보다 먼저 냈지만, 자기 작품의 연대기를 언급할 때 《농담》을 첫 번째로 꼽는다. 아마도 그 이유는 《우스운 사랑들》에서 단편적으로 다룬 주제들, 즉 농담과 사랑, 역사와 개인, 불멸과 망각, 가벼움과 무거움 등이 《농담》에 와서야 본격적으로 다뤄졌기 때문일 것이다. 이후의 소설들은 《농담》에서 제시하는 주제들을 진전시키거나 심화·확장하는 내용들이다.

《농담》은 출간 당시에 세계 어디서나 평가의 대상이 되었는데, 비평들 대부분은 단순한 정치적 언급이나 서정적 공감 정도였다. 그때의 비평가들과 독자들은 소련의 전차에 짓밟힌 나라의 작가에게 무심하지 않았으며, 정치적 성향을 가지지 않은 예술에 대해서는 무시하는 경향이 짙었다. 그러나 시간이 흘러 1985년 프랑스어판 《농담》이 나올 즈음에는 이런 경향도 사라지고 있었다. 쿤데라는 이 결정판에서 아라공의 서문을 대신해 적은 자신의 후기에서 이렇게 밝혔다.

> 오늘날 시사 문제를 반추하는 사람들은 이미 프라하의 봄과 소련의 침공을 잊고 있다. 이 망각 때문에 《농담》은 역설적으로 본연의 모습을 되찾을 수 있게 되었다. 이것은 장편소설이고, 장편소설 이외에 아무것도 아니다.

✦

참을 수 없는 존재의 가벼움

L'insoutenable légèreté de l'être, 1984

1. 영원히 사는 것과 한 번 사는 것

그리스 신화에서 영생을 얻은 사람이 있다. 티토노스. 그의 형 프리아모스가 트로이의 마지막 왕이었으니 그도 트로이의 왕자였다. 티토노스는 매우 잘생긴 외모였는데, 새벽의 여신 에오스가 그에게 반해 그를 납치했다. 그를 사랑한 에오스는 제우스를 설득해 티토노스가 영생을 얻게 했지만, 결국 이 이야기는 비극으로 끝난다. 왜냐하면 에오스가 빠뜨린 것이 하나 있었기 때문이다. 그것은 바로 영원한 젊음이었다. 영원한 젊음이 빠진 영원한 생명은 끔찍한 결과를 낳았다. 신들처럼 영원히 살 수 있었지만, 시간이 갈수록 티토노스의 외모는 추해졌다. 목소리도 쉬었고 주름은 늘어갔으며, 이도 빠지고 허리는 굽어 노인의 몰골로 변했다. 죽지 않고 영원히 늙어간다니, 이런 저주가 어디 있겠는가? 골방 생활을 하며 말라가던 티토노스를 불쌍히 여긴 에오스가 그를 매미(혹은 귀

뚜라미)로 변하게 했다는 것으로 이야기는 끝이 난다.

젊음을 유지하든 점차 늙어가든, 영원히 사는 것이 과연 바랄 만한 일일까? 나는 영원히 죽지 않는데, 가족과 친구들은 늙고 병들고 죽는다. 그것을 지켜보는 나는 괜찮을까? 새로운 사람을 만나고 사귀고 사랑하며 살다가 헤어지고 죽는 것을 계속 반복하게 된다면, 과연 어떤 만남이 특별하고 소중할까? 모든 만남은 결국 의미 없고 지루한 만남이 되지 않을까?

철학자 니체의 사고 실험 중에 '영원회귀'라는 개념이 있다. 모든 것이 영원히 반복된다는 말이다.

> 너는 지금 살고 있고, 살아왔던 이 삶을 다시 한번 살아야만 하고, 또 무수히 반복해서 살아야만 할 것이다. 거기에 새로운 것이라고는 아무것도 없을 것이다. 네 생애의 일일이 열거하기 어려운 크고 작은 일들이 네게 다시 일어날 것이다.

마치 우리 삶에 대한 저주 같다. 《참을 수 없는 존재의 가벼움》은 니체의 영원회귀로부터 시작한다. 그렇다고 니체의 철학을 배경지식으로 요구하는 것은 아니다. 쿤데라도 니체의 영원회귀 개념을 정확하게 설명하는 것을 자신의 임무로 여기지 않는다. 다만 그 개념이 촉발한 자신의 생각이 소설에 투영된 것이다. 쿤데라는 "다시는 돌아오지 않을 한 번뿐인 삶은 아무 무게도 없는 하찮은 것이며 하나의 그림자에 불과하다."라고 말한다. 삶이 찬란하고 아름답건, 잔인하고 비극적이건 하찮기는 매한가지라는 생각이다. 게다가 한 번뿐이기 때문에 준비도 없고 연습도 없이 다짜고짜 체험할 수밖에 없다.

우리의 삶은 최초이자 한 번뿐이기에 모든 것이 처음부터 용납되어 있다. 모든 것이 용납된다는 말은 도스토옙스키의 "(신이 없다면) 모든 것은 허용될 것이다."(《죄와 벌》)에서, 니체의 "진리란 없다. 모든 것이 허용된다."(《차라투스트라는 이렇게 말했다》)를 거쳐 쿤데라로 이어진 말이다. 그리하여 우리의 삶은 한 번으로 끝나기에 가치 있고 소중하다기보다는, 영원히 반복되지 않기에 아주 가볍고 자유롭다고 말해도 되지 않을까? 앞의 말이 인생을 무겁고 신중하게 바라보는 입장이라면, 뒤엣것은 존재의 가벼움을 수긍하는 입장이라고 하겠다. 때로는 그 가벼움이 참을 수 없을지도 모르지만. 어쨌든 소설 제목이 암시하듯 쿤데라는 뒤의 입장에서 세계를 바라보고 그러한 세계에서 고민하는 실존을 탐색한다.

2. 삶은 다른 곳에* - 움직이는 사랑

《참을 수 없는 존재의 가벼움》은 반대되는 성격을 가진 인물들이 등장해서 자신들이 겪은 일과 그와 관련한 생각들을 이야기한다.

1부는 토마시, 2부는 테레자, 3부는 사비나와 프란츠, 4부는 다시 테레자, 5부는 다시 토마시의 이야기로 이어진다. 이렇듯 다수의 인물이 자신의 생각과 주장을 말하면서 이야기가 진행되는 것을 '다성학적 구성'이라 하는데, 이는 인간의 다양성을 존중하고 진리의 상대성을 인정하는 방식이기도 하다. 러시아의 문학이론가인 미하일 바흐친이 도스토옙스키의 《죄와 벌》, 《카라마조프가의 형제들》을 분석하며 사용한 용어이다.

《참을 수 없는 존재의 가벼움》은 기본적으로 사랑 이야기다. 우리가 누군가를 사랑하고 있을 때 그 사람의 본성이 가장 잘 드러난다. 또 사랑하는 동안에는 통제력을 잃거나 위험천만한 일에 무모하게 나서기도 하고, 자신의 기쁨과 슬픔, 평안과 분노, 질투와 안심 등 온갖 감정이 상대방의 말 한마디와 표정으로 달라질 수 있다. 이렇듯 사랑은 숨겨진 나의 모습이 드러나고 자아가 변화하는 계기가 된다. 따라서 우리가 어떤 사람인지는 우리가 어떤 사랑을 하고 있는지에 달렸다고 볼 수도 있겠다.

토마시와 테레자, 사비나와 프란츠는 각각 상반된 성격을 가진 커플들이다. 토마시와 사비나는 가벼운 존재들이고, 테레자와 프란츠는 무거운 사람들이다. 그러나 이들은 자기의 정체성에만 머물지 않는다. 가벼운 존재들은 무거움에 이끌리고, 무거운 존재들

• 밀란 쿤데라가 두 번째로 쓴 장편소설의 제목.

은 가벼움에 당도한다. 그러므로 이 소설은 움직이는 사랑 이야기며, 출발점과 다른 곳에 이르는 삶의 이야기다.

① 가벼운 영혼에서 무거운 연민으로 - 토마시

토마시는 진지한 사랑이 불가능한 바람둥이 같은 인물이다. 그에게 성과 사랑, 육체와 영혼은 별개의 것이며, 육체적 관계란 정서적이거나 도덕적인 의무와는 상관없는 유희일 뿐이다. 그가 여자와의 관계에서 지향하는 '에로틱한 우정'은 어떤 도덕적 책무도 요구하지 않는 가볍고 쾌락적인 사랑을 말한다. 그러나 테레자를 만나고 나서 그의 사랑은 움직인다.

토마시는 보헤미안의 시골 도시에 출장 갔다가 호텔에 딸린 식당에서 종업원으로 일하는 테레자를 만난다. 그녀와 헤어지면서 프라하에 오게 되면 연락하라며 명함을 주었는데, 정말로 열흘 뒤에 테레자가 찾아온다. 그때 테레자가 독감에 걸려서 토마시는 그녀를 일주일 내내 자신의 집에 머물게 할 수밖에 없었는데, 이때 그는 그녀에게 지금까지와는 다른 사랑의 감정을 느낀다.

그러나 테레자와 같이 살면서 토마시는 여전히 다른 여자와의 애정 생활을 이어가고, 이를 알게 된 테레자는 질투심에 악몽을 꾸며 점점 거칠어진다. 이에 토마시는 테레자의 괴로움을 덜어주기 위해 그녀와 결혼하고 암캉아지를 구해주기도 한다. 그리고 특별한 일 없이 결혼 생활이 반복될 즈음, 소련이 탱크를 앞세워 프라하를 점령하는 사태가 벌어진다. 마침 어느 국제 회합에서 알게 된 스위스 취리히의 한 병원 과장에게 일자리를 제안받은 토마시는 테레자와 함께 프라하에서 취리히로 이민을 간다.

이렇게 두 사람의 관계에 새로운 전환이 마련되는가 싶었지만, 반년쯤 지나 테레자는 특별할 것 없는 생활에 불만을 느끼며 토마시에게 편지만 남기고 혼자 프라하로 돌아간다. 토마시는 아름다웠지만 무겁고 힘겨웠던 테레자의 사랑에서 벗어나자 잠시 달콤한 가벼움을 느끼지만, 결국 테레자에 대한 그리움 때문에 프라하로 되돌아온다. 만류하는 병원 과장에게 그가 밝힌 자신이 돌아가는 이유는 "그럴 수밖에 없다."였다.

프라하에 돌아와 다시 병원에서 외과 의사로 일하게 된 토마시는 오이디푸스 왕의 처신에 빗대어 공산당을 비판하는 글을 주간지에 보낸다. 토마시의 글은 지식인들에게 큰 호응을 얻었지만, 그 일로 병원에서 쫓겨나고 결국 유리창 청소부로 전락한다. 자신이 쓴 기사를 철회하고 적당히 자아비판을 하면 피할 수 있었지만 토마시가 당국의 제안을 거절한 결과였다.

유리창 청소부가 된 토마시는 압박감과 스트레스에 시달렸던 외과 의사 시절과 달리 행복해하며 자유로움을 느낀다. 또 자신을 박해받은 지식인으로 생각해 주는 사람들이 있어서 청소 대신 샴페인 대접을 받으며 환담을 나누기도 한다. 무엇보다 테레자와 일하는 시간이 달라 자유롭게 다른 여자들과 만나는 혼자만의 시간을 가질 수 있었다.

그러던 중 그가 오래전 첫 번째 부인과 이혼하면서 의절했던 젊은 아들이 찾아온다. 토마시가 주간지에 썼던 글에 감명받았다고 밝힌 아들은, 이제 가혹한 탄압을 받고 있는 체코슬로바키아 정치범들을 위해 사면을 요구하는 것이 아버지의 의무라고 말하며 청원서에 서명해 줄 것을 부탁한다. 토마시는 자신의 서명이 테레자를 위험에 빠뜨릴 수 있다고 생각하고는 서명을 거부한다.

어느덧 토마시는 육체적으로 지쳤다고 느끼면서 자신의 에로틱한 모험과 흥분 또한 자신을 노예로 만드는 성(性)의 명령이었다는 걸 깨닫는다. 그러면서 테레자를 진정으로 사랑할 수 있을 것 같다고 생각한다. 토마시는 시골로 이사 가자는 테레자의 말을 따라, 모두 떠나가고 무료함만 남은 듯한 시골에 정착한다.

토마시는 이곳에서 트럭 운전사로 일하며 일꾼이나 농기구를 실어 날랐고, 테레자는 송아지를 데리고 다니며 풀 먹이는 일을 한다. 그들은 가끔 옆 동네 호텔 무도장으로 춤을 추러 가서 하룻밤 묵기도 했는데, 집으로 돌아오던 어느 날 정비 상태가 불량한 트럭이 비탈길에 구르면서 생을 마감한다. 그렇게 토마시와 테레자는 영원한 휴식과 평온을 얻는다.

그 전에 테레자는 토마시와 함께 춤추면서 그의 떨리는 손, 더 이상 수술할 수 없는 손을 보며 그의 모든 불행이 자신으로부터 온 것 같아 미안해한다.

테레자: 토마시, 당신 삶의 모든 불행은 나 때문이에요. 나 때문에 당신이 이렇게 됐어요. 당신은 더 밑으로 내려갈 수 없을 만큼 밑바닥으로 내려왔어요.

토마시: 당신, 제정신이야? 밑바닥이라니?

테레자: 우리가 취리히에 있었다면 당신은 지금 환자들을 수술하고 있을 거예요. 당신은 모든 것을 잃었는데, 나는 잃은 것이 아무것도 없어요.

토마시: 테레자, 당신은 내가 여기서 얼마나 행복해하는지 모른단 말이야?

테레자: 당신의 소명은 수술하는 거예요!

토마시: 소명이라니, 테레자. 그건 다 헛소리야. 내게 소명이란 없어. 누구에게도 그런 건 없어. 자유롭다는 것을 깨닫고 나니 얼마나 홀가분한데.

테레자는 토마시의 솔직한 말을 믿지 않을 수 없었다. 죽기 전 이들의 대화를 통해 토마시가 테레자와의 사랑으로 어떻게 변했는지를 짐작할 수 있다.

② 무거운 육체에서 평안한 영혼으로 - 테레자

테레자에게 육체는 단지 살덩이가 아니다. 그녀에게 육체는 영혼이 담기는 그릇이다. 자신의 영혼이 유일무이하므로 그것을 담은 육체 또한 유일무이하며 결코 다른 육체로 대신할 수 없다. 그러나 이것은 어디까지나 그녀의 생각일 뿐이다.

그녀의 어린 시절은 불행하게도 그녀의 생각과는 달랐다. 테레자의 엄마는 경박하게 속옷만 입고 집 안을 활보하거나, 기척도 없이 화장실 문을 벌컥 열거나, 부끄럼 많은 딸을 놀리기 위해 대놓고 요란한 방귀를 뀌어대는 사람이었다. 수치심이 없는 엄마는 모든 사람의 육체는 동일하며, 자신만의 고유한 것이 아니라면 남에게 감추거나 부끄러워할 필요가 없다고 생각했다. 그러나 테레자는 모든 사람의 육체가 개별성을 지니지 않는다면 자신만의 영혼을 간직할 수 없으며, 또 사적인 것이라곤 하나도 없는 획일화된 강제수용소나 마찬가지라 여겼다.

그녀가 어머니의 세계에 대항하기 위한 수단은 책이었고, 그다음은 무작정 토마시를 찾아간 것이었다. 그때 테레자의 손에 들려 있던 것은 톨스토이의 《안나 카레니나》였다. 테레자가 세상에 주눅 든 채 내면 깊숙이 묻혀 있는 자신의 영혼을 불러내 줄 남자로 토마스를 선택한 것은 겹치는 우연을 운명으로 받아들였기 때문이다.

토마시와 함께 살게 된 테레자는 토마시가 몰래 다른 여자를 만난다는 것을 알게 되면서 악몽에 시달린다. 어머니의 세계를 탈출하기 위해 토마시에게 왔는데, 토마시의 세계 역시 그녀가 탈출한 세계와 다르지 않았기 때문이다. 여자들은 모두 토마시의 잠재적 애인이었기에 테레자는 여자들을 경계했고, 차라리 토마시가 빨

리 늙기를 바랐다. 질투와 불안 속에서 지내던 테레자에게 소련의 프라하 침공은 그녀의 걱정을 덜 수 있는 출구가 되었다. 토마시의 애인 사비나를 통해 사진 현상 일자리를 얻었던 그녀는 그때 잡지사의 사진작가로 일하고 있었다. 그녀는 거리를 쏘다니며 소련군의 만행에 고통받는 사람들을 카메라에 담아 외국 기자들에게 넘겨줬는데, 그 일주일 동안 토마시를 향한 집착에서 벗어나 악몽 없는 행복한 밤을 보낼 수 있었다.

위험 속에 뛰어든 테레자는 자신이 살아 있다는 느낌을 받지만, 이러한 느낌도 소련군의 점령이 공고해지면서 사그라들었다. 테레자는 멀리 다른 나라로 떠나면 그 느낌을 다시 찾을 수 있지 않을까 싶어 취리히로 이민 가는 것에 동의하게 된다. 하지만 취리히에서도 여전히 다른 여자들을 만나는 토마시에게 절망한 채, 토마시와 만난 것이 애초부터 잘못이었다고 생각하며 혼자 프라하로 돌아온다.

프라하에 돌아온 테레자는 프라하 시외의 호텔 바에서 오후부터 밤늦게까지 일한다. 결국 토마시도 프라하로 돌아왔는데, 여전히 토마시에게선 다른 여자의 냄새가 났다. 테레자는 사랑과 성이 별개라는 토마시의 말이 맞는지 시험해 보려고 호텔 바에 온 낯선 남자의 집으로 찾아간다. 하지만 이것이 테레자를 밀고자로 만들기 위한 형사들의 함정일지 모른다는 말에, 그녀는 프라하를 떠나 평화로운 시골로 가자고 토마시에게 제안한다. 토마시와 함께 시골에 단둘이 살게 되면서 테레자는 마침내 자신이 삶의 목적지에 도달했다고 느낀다.

테레자는 자신을 위해 프라하로 돌아온 토마시에게 나중에서야 미안함을 느낀다. 테레자는 그녀의 나약함이 자신을 고통스럽게 했지만, 동시에 토마시를 꼼짝 못 하게 만드는 강력한 무기였다는 것을 깨닫는다. 그런 자신의 태도가 토마시로 하여금 어찌할 수 없는 연민을 불러일으켰던 것이다.

토마시: 당신에게 해줄 수 있는 것이 무엇일까?

테레자: 당신이 늙었으면 좋겠어요. 10년, 20년 더요!

테레자가 토마시에게 늙었으면 좋겠다고 한 까닭은 토마시가 자기처럼 약해지길 바랐기 때문이다. 하지만 막상 시골에서 토마시와 단둘이 살게 된 테레자는 늙고 약해진 토마시를 보면서 자신을 원망하고 자책하며 괴로워한다. 테레자는 자신의 무기로 끊임없이 그를 공격했고 계속 그의 항복을 강요하여 마침내 여기까지 왔던 것이다. 자기를 충분히 사랑하지 않는다고 비난하고, 정말 자기를 사랑하는지 번번이 시험한 것이 얼마나 공정하지 못한 일이었는지 깨닫게 된 테레자는 마침내 질투심을 내려놓고 온전히 토마시를 사랑하려 한다. 그래서 그를 위해 가장 아름다운 옷을 입고 함께 춤추며 흥겹게 포도주에 취한다.

그들은 피아노와 바이올린의 연주에 맞추어 춤 스텝을 밟으며 움직였다. 테레자는 머리를 그의 어깨 위에 얹었다. (중략) 지금 그녀는 독특한 행복을, 독특한 슬픔을 체험했다. 이 슬픔은 '우리는 종착역에 도착했다'는 것을 의미했다. 이 행복은 '우리는 함께 있다'는 것을 의미했다. 슬픔은 형식이었고 행복은 내용이었다. 행복은 슬픔의 공간을 채웠다.

질투로 무거워진 육체, 진지함으로 굴레 씌워진 무거운 영혼에서 벗어나 편안한 육체와 평온한 영혼을 찾은 테레자. 그렇게 그녀의 삶은 움직였다.

③ 끝없는 배반에서 참을 수 없는 가벼움으로 - 사비나

사비나는 자유분방하고 지적인 화가이다. 그녀는 어려서부터 끊임없는 배반의 충동에 사로잡혔다. 예를 들면, 엄하고 편협한 청교도였던 아버지는 피카소의 그림을 비웃었지만 그녀는 피카소 풍의 그림을 그렸다. 또 사비나가 동갑내기 소년과 사귀자 아버지가 1년 동안 사비나에게 외출을 금지했지만, 결국 사비나는 아버지가 반대한 건달 배우와 결혼한다. 이러한 배반의 충동은 미술대학이나 공산당에 대한 태도에서도 마찬가지였다.

사비나에게 배반은 행진 대열에서 이탈하여 미지의 곳으로 나아가는 것과 같았다. 그것은 '속박과 통제, 의무와 충실'이라는 속

물적 세계에서 벗어나는 것이었다. 책임이 필요 없는 상태가 배반이고 따라서 배반이 곧 자유였다. 그녀는 사랑을 할 때도 육체 이외의 영혼이 끼어드는 것을 달가워하지 않았다. 그런 점에서 사비나는 토마시의 에로틱한 우정에 가장 적합한 상대였고 실제로도 그러했다.

소련 침공 직후에 사비나는 스위스 제네바에서 미술 전람회를 열었는데, 체코슬로바키아에 대한 동정으로 스위스 예술 애호가들이 그녀의 그림을 몽땅 샀다. 사비나는 자신의 그림 때문이 아니라 소련 때문에 부자가 됐다. 체코슬로바키아에서 온 화가라는 이유만으로 '반체제 인사'라는 프리미엄을 얻은 셈이었다. 이런 아이러니한 상황 속에서 사비나는 '키치'를 떠올린다. 한번은 독일 정치집단이 그녀를 위한 전람회를 기획하면서, 그녀가 부당한 권력에 맞서 싸웠고 어쩔 수 없이 조국을 떠났지만 계속 항쟁하는 순교자처럼 소개한다. 사비나는 이에 항의하면서 이렇게 말했다.

내 적은 공산주의가 아니라 키치예요.

그녀는 공산주의가 강요하는 억지 웃음, 억지 사랑, 억지 행복을 혐오했다. 그러나 이것은 공산주의 사회에만 있는 것이 아니었다. 유럽에도 미국에도, 그녀가 탈출하여 당도하는 곳마다 키치를 발견할 수밖에 없었다.

키치(Kitsch)란 질 낮은 예술품이나 저속한 물건을 가리키는 말이다. 한때 우리말 '속물(俗物)'로 번역되기도 했지만, 이 말로는 쿤데라가 의미하는 것을 담기에 부족하다. 쿤데라의 키치는 훨씬 풍부한 의미망을 갖는다. 아름다움을 뒤집어쓴 가면, 허위로 가득 찬 가식이 키치다. 세상과 인생의 어두운 구석과 추한 것들을 가려서 그럴듯하게 아름다운 세상과 그럴듯하게 살 만한 인생으로 만드는 온갖 것들이 다 키치다. 예를 들어, 현대식 변기는 똥오줌을 우리의 시야에서 순식간에 사라지게 함으로써 키치가 된다. 이것이 키치가 작동하는 방식이다. 공산주의는 무고한 사람을 탄압하고 죽이는 범죄자들 때문이 아니라, 자신들이야말로 이상적인 세계로 가는 유일한 길을 발견했다고 믿는 광신자들 때문에 키치가 된다. 그런 이유로 공산주의 사회에서 슬픔은 존재하지 않아야 하고, 인생은 찬란한 장밋빛으로 빛나야 하며, 모든 존재는 긍정으로 가득 차야 한다. 키치의 나라에서 모든 회의주의와 의심은 불온시되고 사적인 표현과 실존의 영역은 인정받지 못한다.

사비나는 한때 토마시의 애인이었지만 제네바로 가서는 대학 교수인 프란츠와 사귀게 된다. 프란츠는 유부남이었는데, 어느 날 프란츠가 사비나와의 관계를 아내에게 털어놓았고, 그러고 나서는 사비나와 결혼하기를 원한다. 지식인에다 사비나의 예술 세계를 잘 이해했으며 잘생기고 친절한 프란츠. 그는 분명 사비나가 만난 남자 중 최고였지만, 그녀는 자신의 사랑이 내밀하고 은밀하길 바랐다. 그와 결혼한다면 그것은 공개된 사랑이 될 것이고, 공개된 사랑은 그녀에게 무거운 짐이 될 것이라 여겼다. 또 사람들 앞에서 자신의 본모습을 감춘 채 프란츠에 어울리는 역할을 연기해야 한다는 것이 너무도 부담스러웠다. 그래서 사비나는 프란츠를 떠나 파리로 가버린다. 또다시 배반이다.

파리에서 사비나는 이전과는 달리 우울함 속에서 배반의 연속이었던 자신의 길이 언젠가는 끝날 것임을 막연하게 느낀다. 그러던 어느 날, 토마시 아들이 보낸 편지를 받게 된다. 토마시와 테레자의 죽음을 알리는 그 편지에는 '그들이 자주 이웃 도시로 나가 소박한 호텔에서 묶었다'는 내용이 담겨 있었다. 사비나는 그들이 행복했고 바람둥이였던 토마시가 트리스탄*처럼 죽음을 맞았다는 사실에 충격을 받는다. 그리고 그녀는 문득 프란츠에 대한 그리움이 솟아, 그와 오랫동안 함께하지 못한 것을 후회한다. 하지만 이젠 너무 늦었기에 그녀는 미국으로 건너간다. 미국에서도 그녀의 그림은 잘 팔렸고 미국이 좋았지만, 그녀는 자신도 모른 채 깊숙한 곳에 품고 살았던 키치, 즉 '다정한 가정'에 대한 이미지를 떠올린다.

그녀는 일생 동안 자신의 적은 키치라고 단언했었다. 그러나 그녀 자신조차도 자신의 존재 깊숙한 곳에 키치를 품고 살았던 것은 아닐까?

* 유럽에서 전해지는 애절한 사랑 이야기인 〈트리스탄과 이졸데〉의 남자 주인공.

> 그녀의 키치, 그것은 사랑하는 어머니와 지혜로운 아버지가 함께하는 평화롭고 부드럽고 조화로운 가정의 모습이다. (중략) 텔레비전의 멜로드라마 속에서 배은망덕한 딸이 버림받은 아버지를 품에 껴안는 모습이나 행복한 가족이 살고 있는 집의 창문이 황혼 속에서 반짝이는 것을 보면, 그녀는 두 눈이 촉촉해지는 것을 느꼈다.

그녀가 그렇게 거부했던 아버지는 엄마가 세상을 떠나자 슬픔을 못 이겨 스스로 목숨을 끊었다. 사비나는 그러한 사랑과 충실의 세계를 가질 수 없었기 때문에 더 민감하게 그런 환상에 저항했던 것은 아닐까? 그녀의 삶은 한마디로 가벼움의 드라마였다. 한없이 가벼워 훨훨 하늘로 비상하면 좋겠지만, 결국에는 그 가벼움이 그녀를 짓눌렀다. 부모와 사랑, 조국까지 배신한 그녀는 배반의 삶이 결국 자신을 배반하리라는 것을 진즉에 알았어야 했다. 그러나 어쩔 수 없는, 그럴 수밖에 없는 것이 우리의 삶일지도 모른다.

쿤데라는 말한다. 우리는 완전히 키치로부터 벗어날 수 있는 초인이 아니라고. 키치를 혐오할 수 있지만 그것 또한 인간 조건의 일부라고. 키치는 현실을 규정하는 권력을 가질 땐 매우 폭력적이지만, 권력을 상실하고 일상으로 내려온 키치는 우리에게 익숙함과 편안함을 느끼게 하는 위로가 될 수 있다. 사비나가 이 점을 알게 돼서 다행이다.

프란츠는 스위스의 명문가 출신 교수이자 지식인이다. 비상한 재능 덕분에 스무 살의 나이에 학문적으로 출세의 길을 걸었다. 파리에서 공부할 때, 혁명과 투쟁을 통해 전진했던 유럽 역사에 매혹되었고 기꺼이 시위에도 참여했다. 역사의 질곡과 투쟁의 현장에서 살고 싶었으나 지금 그는 안정과 평화의 나라이자 권태로운 도시인 스위스 제네바에서 교수가 되어 책에 파묻힌 채 살아간다. 그런 그에게 체코슬로바키아에서 온 사비나는 혁명과 투쟁의 상징이었다. 그래서 그녀와의 우정과 사랑을 소중하게 여긴다.

한편, 프란츠에겐 아내 마리에 클라우데라와 딸이 있다. 열두 살 때 아버지가 갑자기 가족을 버리고 떠나자 어쩔 줄 몰라 하며 자신을 데리러 왔던 어머니에 대한 기억 때문에, 프란츠에겐 여자의 마음을 아프게 하면 안 된다는 원칙이 있었다. 그래서 사비나와의 만남을 들키지 않으려고 각종 회의와 심포지엄, 초청 강연 같은 핑계를 만들어 유럽의 다른 도시와 미국까지 다녀와야 했다. 이런 이중생활의 위선도 있었지만 거침없고 확고한 아내의 공격성에 질린 프란츠는 결국 아내에게 사비나와의 관계를 털어놓고 이별을 통보한다. 그렇게 프란츠는 어머니에 대한 무거운 기억을 내려놓고 가벼워진다.

그러나 프란츠의 고백을 듣게 된 사비나는 제네바에서 종적을 감춰버린다. 아내의 집에서 쫓겨나고 사비나도 떠나버려 홀로 남겨진 프란츠는 의외로 자기가 전혀 불행하지 않다고 느낀다. 오히려 마침내 자립하게 되었고 자유를 얻었다며 기뻐한다. 그리고 이 새로운 삶이 자신에게 남긴 사비나의 선물이라 여긴다. 얼마 지나지 않아 프란츠는 자기를 존경하고 너무나도 잘 따르는 여대생을 만나 행복해한다.

그러던 어느 날, 파리에 있던 프란츠의 친구들이 공산주의에 점령당한 캄보디아를 위해 시위하러 가자는 연락을 해온다. 캄보디아는 베트남의 침략을 받은 데다 기근이 휩쓰는 바람에 의사의 손길이 절실했다. 그러나 베트남은 국제의사기구의 입국을 허가하지 않았다. 그래서 이에 항의하는 뜻으로 태국 국경에서 캄보디아로 넘어가는 스펙터클한 행진이 기획된 것이었다.

프란츠는 캄보디아가 사비나의 조국인 체코슬로바키아와 같은 처지라 여겼고, 파리 친구들의 제안이 사비나의 비밀 손짓이라고 생각하며 행진에 동참한다. 프란츠를 포함한 의사들과 기자들과 지식인들이 캄보디아 국경 초소에 이르러 자신들의 요구를 외쳐댔지만 냉담한 침묵만이 흐를 뿐이었다. 그들 모두는 우스꽝스러운 상황에 처했으며, 프란츠는 그제야 이번 행진 자체가 무의미하다고 느낀다. 그리고 그에게 유일한 실제적인 삶은 그가 좇던 시위 행진이나 사비나가 아니라 안경 쓴 여대생이라는 것을 확인한다.

이제 제네바로 자신의 애인에게 돌아가는 일만 남았는데, 프란츠는 돈을 요구하는 사내들을 만나 맞서다 치명적인 상처를 입고 제네바의 병원까지 실려 왔으나 죽고 만다. 말도 못 하고 몸도 움직일 수 없는 프란츠의 마지막 순간을 지킨 것은 아이러니하게도 이혼하기를 끝까지 거부한 그의 아내 클라우데라였다.

평화롭고 지루한 현실은 우리의 모험심을 자극한다. 사람들이 판타지 소설이나 재난 영화를 좋아하는 것도 간접적으로나마 모험을 즐길 수 있기 때문일 것이다. 그러나 결과를 알 수 없는 모험과 재난을 실제로 겪을 때 우리는 그 생경함에 놀라고 공포에 압도당할지도 모른다. 프란츠는 모험과 이상을 동경하다가 직접 그것을 맞닥뜨리고 나서 현실을 자각한다. 그가 스스로 만들어낸 키치에 홀렸다가 깨어났지만 사비나의 경우처럼 때는 늦었다. 깨달은 그를 맞이한 것은 실제 삶의 지속이 아니라 우발적이고 의미 없는 죽음이었다. 이것도 냉담한 결말인데, 쿤데라는 여기에 잔인한 농담을 얹는다. 클라우데라가 지은 '긴 미로 끝에 되돌아가다'라는 프란츠의 묘비명을 통해서. 이 묘비명은 마치 프란츠가 아내를 버린 것에 대한 죄책감으로 캄보디아에 가서 죽었고, 마침내 그녀의 용서를 받았다는 뜻으로 해석된다. 지독한 키치가 아닐 수 없다.

소설 속 네 인물의 움직이는 사랑과 변화하는 삶에 대해 살펴보았다. 토마시와 사비나는 가벼운 존재, 테레자와 프란츠는 무거운 존재. 이런 식의 단순한 시각은 인물에 대한 몰이해이자 모욕이다. 이들은 고정된 인물이 아니라 움직이는 인물이고, 그 변화의 움직임은 소설이 끝나고도 멈추지 않을 것이다. 우리도 마찬가지다. 우리는 타고난 성품이나 성격대로만 살아가지 않는다. 스스로를 규정하는 성격이나 특성은 우리 스스로가 만들어낸 착각이고 굴레이다. 사랑은 움직이고 삶은 변화한다.

3. 존재의 무게, 행복한 시시포스

인간은 현실에서 의미를 찾으려 하지만 세상은 차갑고 무심한 곳이며 의미를 찾기도 어렵다. 인간은 우주에 떠 있는 돌덩이 혹성에 살면서 결코 찾을 수 없는 의미를 찾아 헤맬 뿐이다. 따라서 인간의 삶은 기본적으로 부조리하다. 의미 없는 세상에서 의미를 갈망하기 때문이다. 이는 프랑스의 실존주의자 알베르 카뮈의 생각이다. 카뮈는 《시시포스 신화》(1942)•에서 그리스 신화 속 인물인 시시포스를 통해 부조리에 저항하는 삶의 방식을 보여준다.

몇 차례의 소환과 경고에도 지옥으로 되돌아가길 거부해 신들의 분노를 산 시시포스는 거대한 바위를 산꼭대기까지 굴려 올려야 하는 벌을 받는다. 그러나 바위는 꼭대기에 닿자마자 다시 아래

• 이 책의 첫 문장은 이렇게 시작된다. "참으로 진지한 철학적 문제는 오직 하나, 바로 자살이다. 삶이 고생하며 살아볼 만한 가치가 있는지 없는지 판단하는 것, 이것이야말로 철학의 근본 문제에 답하는 것이다."

로 굴러떨어지고 시시포스는 다시 내려가서 바위를 굴려 올려야 한다. 이 과정이 영원히 되풀이된다. 형벌의 본질은 바위를 올리는 것이 아니라 끝도 없는 반복이 낳는 무의미인 것이다. 시시포스가 사는 곳이 부조리한 세상이고 시시포스의 행위는 인간의 삶에 대한 은유이다.

시시포스가 처한 상황이 안타깝고 괴로워 보일 수도 있지만, 카뮈는 달리 생각했다. 시시포스는 부조리에 온몸으로 맞섰기에 '삶은 의미 있는 것'이라는 착각에서 자유로울 수 있다고 보았다. 그러면서 카뮈는 이렇게 말한다. "누군가는 행복한 시시포스를 그려야 한다."라고. 우리는 어떤 상황에서도 지금의 행복을 선택할 자유가 있다는 말이다. 카뮈의 철학은 영원회귀를 긍정하는 니체의 사상과도 닮았고, 참을 수 없는 존재의 가벼움을 인정하는 쿤데라의 사색과도 연결된다. 다음은 쿤데라의 《불멸》 속 인물 아녜스의 독백이다.

> 산다는 것, 거기에는 어떤 행복도 없다. 산다는 것, 그것은 이 세상에서 자신의 고통스러운 자아를 나르는 일일 뿐이다. 하지만 존재, 존재한다는 것은 행복이다.

산다는 것과 존재한다는 것은 어떻게 다를까? 산다는 것은 존재에 시간을 덧칠하는 것이다. 어제는 오늘의 나를 규정하고, 오늘의 나는 내일의 나를 낳는다. 어제와 오늘 그리고 내일로 이어지는 시간의 흐름은 과거와 현재와 미래의 '동일한 자아상'을 만들어낸다. 그래서 산다는 것은 시간이 만들어낸 인과법칙에 자아가 묶여 있다는 뜻이다. 공부를 잘하면 대학에 갈 것이고, 좋은 대학에 가면 좋은 직장을 얻을 것이고…… 이런 식이다. 그러나 존재한다는 것은 '지금 여기에 있다'는 말이다. 어제의 나는 지금 존재하지 않고 내일의 나도 지금 존재하지 않는다. 오직 지금 여기에 있는 것만 존재한다고 할 수 있다.

살아가기 위해서는 먹을 것이 있어야 하고 집도 있어야 하고 돈도 있어야 하고 명예도 있어야 하지만, 존재하기 위해선 그냥 지금 여기에 있는 것 말고는 아무것도 필요하지 않다. 자아도 필요 없고 분노와 걱정도 쓸데없으며 이름과 명예 같은 것도 관계없다. 지금 이 순간 살아 있다는 느낌만으로 충분하다. 이 존재의 감각을 알아차리기만 한다면 우리는 지금 당장 행복해질 수 있다.

《참을 수 없는 존재의 가벼움》에서 테레자는 자신이 기르던 카레닌이라는 개를 보며 통찰을 얻는다.

> 아담이 낙원에서 우물에 몸을 굽혔을 때 그가 물속에서 본 것이 그 자신이었다는 것을 그는 알지 못했다. (중략) 아담은 카레닌과 같았다. (중략) 개는 자신의 상을 알지 못했다. 자신의 상에 대해 관심도 없었고 주의도 기울이지 않았다. (중략) 카레닌은 육체와 영혼의 이원성에

대해 아무것도 모른다. 그리고 혐오감이 무엇인지도 모른다. 그 때문에 테레자는 카레닌과 함께 있으면 자신이 그토록 편안하고 안심이 됨을 느낀다.

낙원에서 자신의 상을 알지 못했던 아담은 '존재했기' 때문에 행복했다. 인간은 낙원에서 추방되면서 '살아가기' 시작했고 그로 인해 불행도 시작되었다. 낙원에서의 시간은 시곗바늘처럼 원을 그리며 맴돈다. 매일 반복되지만 매일 새롭다. 카레닌은 자고 나면 새날이었고 자신이 존재한다는 것에 순수하게 기뻐한다. 반복되고 단조로운 생활 속에서 행복을 누린다. 카레닌은 여전히 태초의 낙원에서 살고 있는 셈이다. 반면, 낙원에서 쫓겨난 인간의 시간은 더 이상 원을 그리지 않고 앞으로만 직선으로 달려갔다. 인간은 자고 깨어나면 어제의 연속을 살아야 했고, 알 수 없는 내일에 대한 불안에 내동댕이쳐졌다. 이것이 바로 인간이 행복해질 수 없는 이유이다.

테레자는 행복이란 반복에 대한 그리움이고, 반복에 수반되는 단조로움은 지루함이 아니라 행복 그 자체라는 생각에 이른다. 테레자는 시골에 와서야 목적지에 도착했다고 느끼는데, 그녀에게 목적지란 다름 아닌 인간이 쫓겨났던 낙원이었던 것이다.

반복하고 순환하는 자연과 달리 인간은 무한한 시공간에서 오직 한 번만 살고 간다는 것을 알고 있기에 괴로울 수밖에 없다. 삶의 유한성과 언젠가 죽는다는 불가피성을 늘 의식하다 보면 자연히 존재의 순수한 기쁨에서 멀어지게 된다.

인간은 가벼운 존재로 태어나 무겁거나 가벼운 삶을 살다가 다시 가벼운 죽음으로 끝난다. 사실 우리의 죽음도 사실 전혀 억울할 일이 아니니다. 존재하기 위해 내가 들인 의지와 노력은 티끌만치도 없기 때문이다. 쿤데라도 소설 속 토마시와 테레자의 죽음을 중요하게 다루지 않는다. 그래서 그들의 죽음에서 문학적 비극성이나 격한 감정을 전혀 느낄 수 없다. 우리는 모두 가벼운 탄생과 가벼운 죽음 그 사이 어딘가에서 살고 있다. 그렇다면 가벼움은 견딜 수 없는 것이 아닐지 모른다. 어쩌면 존재 본연의 모습이 가벼움인데 인간은 그 사실을 돌고 돌아 어렵게 깨닫는 것일 수도 있다. 쿤데라는 말한다.

> 인생이란 톨스토이의 《전쟁과 평화》에서처럼 '안개 속의 길'로서 그 여정이 구불구불한 길이며, 그 연속되는 단계들이 서로서로 다르고 때로는 앞선 단계들의 부정을 나타내는 여행이다. 인간은 안개 속으로 나아가는 존재이다.

안개 속을 헤매며 먼 길을 돌아 얻게 될 깨달음은 꽉 찬 깨달음이라기보다는 무게가 없는, 어느 누구도 짓누르지 않는 텅 빈 깨달음일 것이다.

쿤데라는 한 문학잡지와의 대담에서 "문학작품보다 철학자들이 쓴 책을 즐겨 읽는다."라고 말했다. 그 철학자들이란 플라톤, 데카르트, 니체, 후설, 하이데거, 사르트르 등이다. 그는 철학서를 통해 영감을 받은 주제들을 자신의 소설에서 다루었다. 게다가 자신의 소설에서 탐구한 주제들을 그대로 소설 제목으로 삼기도 했다. 첫 작품 《농담》부터 《웃음과 망각의 책》, 《불멸》, 《느림》, 《정체성》, 《향수》, 《무의미의 축제》 등이 그 예이다. 이 제목들이 그대로 쿤데라를 사로잡은 탐구 영역인 것이다. 이 작품들처럼 《참을 수 없는 존재의 가벼움》 역시 사랑 이야기지만 그 속에 철학과 사색, 시대적·사회적 통찰이 들어 있다. 이 작품은 성과 사랑, 정치와 역사, 신학과 철학까지 아우른 소설이라는 평가를 받는다.

《참을 수 없는 존재의 가벼움》은 니체의 영원회귀에 대한 쿤데라의 해석으로 시작한다. 소설에 단지 니체만 나오는 것은 아니다. 온 세계가 여러 가지 대립의 쌍으로 양분되어 있다고 주장한 기원전 6세기 그리스 철학자 파르메니데스도 잠깐 나온다. 이 중 시대를 앞선, 매우 인상적인 쿤데라의 통찰이 하나 있다. '소와 말 같은 동물에 대한 인간의 지배는 과연 정당한가?'라는 질문이다. 여기에 카레닌의 죽음을 겪으면서 변화하는 테레자의 생각이 섞여 들고, 데카르트의 사상과 니체의 일화가 혼합된다.

데카르트는 인간이 자연의 소유주이자 주인이며 짐승은 한낱 자동인형이거나 움직이는 기계일 뿐이라고 선언했다. 데카르트의 이런 생각은 이후 전 인류에게 보편화되었고 동물에 대한 인간의 지배는 의심할 수 없는 권리가 되었다. 여기에 반기를 든 사람이 니체였다.

이탈리아 토리노의 한 호텔에서 나온 니체는 거리에서 말에게 채찍질하는 마부를 본다. 말에게 다가간 니체는 마부가 보는 앞에서 두 팔로 말의 목을 껴안더니 울음을 터뜨린다. 말의 목을 껴안고 애도하며 울었던 니체(쿤데라는 니체가 말의 귀에 대고 인류를 대신해 사과했다고 상상한다)와 죽을병에 걸린 카레닌을 무릎에 앉혀 쓰다듬던 테레자는 자연의 주인이자 소유자로서의 인류의 행진 대열에서 벗어나 있다.

이 소설에는 철학자만 나오는 것이 아니다. 베토벤의 일화와 스탈린 아들의 죽음도 등장한다. 이 이야기들은 그 자체로 독자의 흥미를 불러일으키지만, 인물들의 생각이나 소설 전체의 주제와 긴밀하게 혹은 교묘하게 연관됨으로써 의미가 훨씬 풍부해지고 울림도 깊어진다.

스탈린의 아들 아이코프는 제2차 세계대전에 참전했다가 독일군 포로수용소에 감금되었다. 그는 영국군 장교들과 공동변소를 같이 사용했는데, 아이코프가 더럽게 똥을 싸는 바람에 영국군 장교들과 주먹다짐까지 하게 된다. 아이코프가 수용소 소장에게 이 문제를 해결해 줄 것을 요구했지만, 소장이 이를 거부하자 굴욕을 참을 수 없어 하늘에 대고 욕하며 전기 철조망으로 달려가 죽어버렸다.

쿤데라는 똥 때문에 자신의 삶을 버린 야이코프와 제국을 동쪽으로 확장하기 위해 자신들의 삶을 희생시킨 독일 사람들, 또 조국의 세력을 서쪽으로 더욱더 뻗기 위해 죽어간 소련 사람들을 병치하며, 무의미하고 어리석은 전쟁에 목숨을 바치는 것보다 차라리 똥을 위한 죽음이 더 철학적이지 않냐고 반문한다.

쿤데라는 마치 똥이 존재하지 않는 것처럼 행동하는 세계, 추한 것을 숨기고 아름다운 것만 있는 것처럼 치장하는 것, 허위로 가득찬 가식, 이것들을 일컬어 '키치'라고 했다. 그리하여 마치 역사의 발전과 정의라는 커다란 이상을 위한 것처럼 여겨지는 숭고한 전쟁에서 똥 때문에 전기 철조망에 몸을 던진 행위는 키치에 온몸으로 저항하는 몸짓이었던 것이다.

쿤데라는 크리스티앙 살몽과의 대담에서 키치에 대한 사유가 《참을 수 없는 존재의 가벼움》의 주제라고 언급했다.

키치란 천박한 것에 대한 절대적인 부정입니다. 이 키치에 대한 명상은 내게 대단히 중요한 것이었지요. 이 책의 뿌리에는 많은 사고와 체험, 연구, 그리고 열정까지도 있어야 했죠. 그러나 어조는 진지하지 않습니다. 선정적이죠. 이 에세이는 소설로서가 아니면 생각할 여지

> 도 없는 것입니다. 순수하게 소설적인 명상록인 셈입니다.

쿤데라에게 인생의 어두운 구석, 죽음과 배설물을 감추는 키치는 그럼에도 인간 실존의 본질에 속한다. 감추고 생략하고 한쪽 면만 보여주는 대신, 모든 것이 투명하게 드러나고 공개되는 세계는 또 다른 지옥일 수 있다. 세상이 설령 객관적으로 추할지라도 때로 아름답다고 상상할 수 있어야 하며, 무한의 시공간 속에 존재하는 모든 것이 무의미할지라도 때로 의미를 찾고 행복을 상상할 수 있어야 하지 않을까? 존재하는 한, 혹은 살아가는 한 말이다. 토마시의 아들이 아버지의 묘비에 새긴 '그는 지상에서 천국을 바랐다'라는 말은 이러한 삶의 자세를 암시한 것일 수도 있다.

쿤데라의 작품들은 흔히 철학적 소설로 소개되기도 할 뿐 아니라 실제 그의 소설에는 중간중간 사색적 에세이가 실려 있기도 하다. 그렇지만 쿤데라는 소설과 철학, 소설가와 철학자를 엄격하게 구분하고 있다.

> 사실 소설가가 자신의 것이 아닌, 학자들이나 철학자들의 수단에 의지한다면 온전한 소설가가 될 능력이 없다는 증거이며 예술적 결함의 증거가 아닐까? 소설가는 자신의 생각을 소설 속에 집어넣는다. 지적으로 매우 까다로운 사색을 소설 속에 통합하는 것, 그리고 아름답고 음악적인 방법으로 그것을 작품의 필수 요소로 만드는 것이야말로 현

대 예술의 시대에 소설가가 감행할 수 있는 가장 대담한 혁신 중의 하나이다.

철학자는 사상을 개념으로 설명하지만 소설가는 인물에 투영하여 구체적으로 보여준다. 쿤데라는 사르트르를 '철학으로 문학을 했던 사람'으로 보면서 소설가라기보단 작가에 속한다고 했다. 그는 소설가와 역사가도 구별하는데, 역사가가 일어난 그대로의 역사를 복원하려는 사람이라면 소설가는 역사를 이용하여 인간 실존의 새로운 면을 발굴하는 사람이라고 했다.

소설가는 역사가의 하인이 아니다. 소설가를 매혹하는 역사란, 인간 실존 주위를 돌며 빛을 비추는 탐조등, 역사가 움직이지 않는 평화로운 시기였다면 실현되지 않고 알려지지 않았을 뜻밖의 가능성들에 빛을 던지는 탐조등으로서의 역사이다.

쿤데라는 소설가가 이전 선배들보다 더 나아지려는 데에 야심을 두어서는 안 된다고 했다. 선배들이 보지 않았던 것을 보고 그들이 말하지 않았던 것을 말하는 것, 미지의 땅을 탐험하고 그것을 지도에 그려 넣는 것이 소설가의 야심이어야 한다는 것이다. 쿤데라는 오직 소설만이 현실을 미리 해석하는 것에 반하여 무의미함의 거대하고 신비로운 힘을 드러낼 수 있다고 생각했다.

1983년 가을, 쿤데라는 크리스티앙 살몽과의 인터뷰에서 이런 말을 했다.

> 제가 평생 추구해 온 야심은 가장 심각한 질문을 가장 가벼운 형식으로 던지는 것입니다. 순전히 예술적 야망만의 문제는 아니에요. 가벼운(경박한) 형식과 무거운(진지한) 주제의 결합이라는 것은 우리 삶의 드라마(우리의 잠자리에서 일어나는 것들과 함께 역사라는 커다란 무대에서 진행되는)가 갖는 진실을 즉각적으로 드러내 주고, 그 드라마들의 끔찍한 하찮음과 무의미함을 드러내 보여주거든요. 우리는 참을 수 없는 존재의 가벼움을 경험하는 거지요.

그로부터 30년쯤 지나서 여든다섯 살의 쿤데라는 유작이 된 소설《무의미의 축제》(2014)를 낸다. 쿤데라 전집이 확정된 뒤에 나온 소설이기 때문에 전집에는 포함되지 않았지만, 말년의 마지막 작품이기에 아마도 그동안 소설을 통해 자신이 말하고자 한 바를 집대성한 것으로 보인다. '무의미의 축제'라는 제목은 가벼움과 무의미, 농담 등을 비극이 아니라 축제와 연결하고 있다. 가볍고 저속하고 시시한 것들이 신나는 축제를 이룰 수 있다니 놀랍지 않은가.

이러한 발상은 쿤데라가 처음은 아니다. 가벼움과 무의미에도 계보가 있다. 쿤데라는 그가 사랑하는 책과 그렇지 않은 책을 상세하게 언급했기 때문에 그 계보를 추적하기는 어렵지 않다. 쿤데라는 기회가 있을 때마다 유럽 문학 가운데 프랑수아 라블레의 《팡타그뤼엘》과 세르반테스의 《돈키호테》를 언급했고 많은 관심을 보였다. 쿤데라는 유럽 서사문학 발전의 기점을 보카치오, 라블레, 세르반테스가 썼던 일화와 농담 같은 재미있는 이야기와 단순한 형식이라고 보았다. 라블레와 세르반테스는 자신들의 이야기에서 진지함을 덜어내기 위해 오락적 요소를 덧붙이는 것을 전혀 수치스러워하지 않았다. 쿤데라도 이들의 전통을 이어받고 있다. 쿤데라는 "소설이라 이름 붙일 만한 어떤 소설도 세상을 진지하게 그리지 않는다."라고 했다.

쿤데라는 지극히 무거운 문제와 철학적 성찰을 가벼운 형식과 이야기에 섞어 진지함의 무게를 덜어내고 무의미를 드러내는 데 천착했다. 그 결과, 그의 소설에서 우리는 세상을 한 편의 농담처럼 생각하는 사람, 무거움을 벗어던지고 가벼움을 지향하는 사람, 무의미를 긍정하는 사람 등을 만나게 된다. 무거운 현실의 짐을 벗고 무의미를 향해 훨훨 날갯짓을 할 수 있을지는 독자들의 몫이다.

정체성

L'identité, 1998

1. 나는 누구인가?

김광규의 시인의 시 가운데 〈나〉라는 시가 있다. 이 시에서 화자는 자신에게 그리고 청자인 우리에게 묻는다. '과연 아무도 모르고 있는 나는 무엇인가? 그리고 지금 여기 있는 나는 누구인가?'라고. 이 질문은 참으로 본질적이다.

정체성(identity)이라는 말의 사전적 의미는 '변하지 아니하는 존재의 본질을 깨닫는 성질. 또는 그 성질을 가진 독립적 존재'이다. 그런데 '변하지 아니하는' 것이 '존재'인지 '본질'인지도 불분명하고, '본질을 깨닫는 성질' 또한 무슨 말인지 모르겠다. 영어 사전이 오히려 명확하다. 'the qualities, beliefs, etc. that make a particular person or group different from others', 번역하면 '특정 사람이나 집단이 다른 사람이나 집단과 구별되는 성질, 믿음 같은 것들' 정도가 된다. 쉽게 말하면 '당신은 누구입니까?'라는 질문의 답이 그 사람의 정체성이다.

이러한 정체성은 맥락에 따라 다양한 답변이 가능하며, 그래서 단수로 존재하지 않는다. 나의 정체성이 상황과 맥락에 따라 다양한 이유는 우리가 사회적 존재이기 때문이다. 하이데거는 "인간은 (좋든 싫든) 우연히 세상에 내던져진 존재자"라고 말했다. 이는 출생조차 나의 선택이 아니라는 말이다. 시대, 국적, 성별, DNA, 이름 등도 나의 선택과는 무관하게 주어지는 것들이다. 하지만 이것들이 나의 정체성을 이룬다.

나는 누구인가, 나의 정체성은 무엇인가? 사회적 관계의 총합으로 나의 정체성을 규정할 수도 있고, 나만의 개성을 정체성으로 삼을 수도 있다. 혈액형으로 보는 성격 유형이나 MBTI, 애니어그램 유형 등도 나를 규정하는 요소로 작용해 왔다. 그렇지만 실제 나와 내가 생각하는 정체성이 자주 어긋나고, 내가 생각하는 나와 타인이 생각하는 나 사이에는 늘 틈새가 벌어져 있다. 이는 정체성을 생각할 때 더욱더 혼란을 가중시키는 요인이다. 정체성은 결코 변하지 않는 단단하고 안정적인 개념이 아니다. 당신은 누구인가, 당신의 정체성은 무엇인가? 이 질문에 스스로 답할 수 있는가? 그리고 그 답은 자신에 대한 설명으로 만족스러운가? 쿤데라도 이런 고민에 봉착했고 소설가로서 이 문제를 탐구한다.

현실을 주의 깊게, 집요하게 들여다볼수록 실제 현실과 모든 사람이 현실에 대해 품고 있는 생각이 맞아떨어지지 않는다는 것을 깨닫게 된다. 오랜 응시 속에서 현실은 점점 비상식적이고, 따라서 비이성적이고, 따라서 비개연적인 모습을 드러낸다. 현실에 대한 이 길고 게걸스러운 시선이 소설가들을 개연성의 국경 너머로 이끄는 것이다.

이제 《정체성》을 읽을 준비가 되었다.

2. 같은 침대에서 다른 꿈을 꾸다

《정체성》은 샹탈과 장-마르크의 이야기다. 이야기는 불과 며칠 사이에 벌어진 같은 사건과 같은 상황에 대해 샹탈과 장-마르크의 내면을 교차로 보여주며 전개된다. 프랑스 일간지인 《르 몽드》는 이 소설을 두고 "두 목소리가 숨 막힐 정도로 서로 얽혀 있는 이중창"이라고 표현했다. 각각의 인물이 상대방의 내면을 번갈아 가며 제시함으로써 같은 행동과 말, 동일한 상황과 사건에 대한 생각과 느낌이 얼마나 다를 수 있는지를 보여준다. 마치 동상이몽은 보편적인 상황이라고 주장하는 듯하다. 맑고 투명해서 오해가 없는 완벽한 소통, 즉 이심전심은 불가능하다는 씁쓸한 결론을 맺기 싫었는지, 쿤데라는 소설의 마지막에 현실과 꿈, 사실과 몽상의 경계를 흐리는 수법을 사용하여 행복한 결말을 제시한다. 이를 염두에 두고 두 인물의 이야기를 따라가 보자.

① 샹탈, "남자들이 더 이상 나를 돌아보지 않아요."

샹탈은 전남편과의 사이에서 얻은 다섯 살짜리 아들을 사고로 잃었다. 그런데 그 아픈 기억을 채 잊기도 전에 또다시 임신을 재촉하는 남편과 그의 가족들을 보며 당혹감을 느끼고 결국 이혼한다. 고등학교 교사였던 그녀는 혼자 살기엔 보수가 적어 광고 회사로 이직한 뒤 아파트를 마련한다. 장-마르크는 샹탈보다 네 살 어린데, 결혼한 사이는 아니지만 샹탈의 아파트에 같이 산다. 그러나 요즘 들어 샹탈은 남자들이 더 이상 자신에게 관심을 보이지 않는다고 느낀다. 이런 생각을 장-마르크에게 털어놓지만 자신의 심정이 온전히 전달되지는 않는다.

어느 날, 샹탈에게 주소도 쓰여 있지 않고 우표도 붙어 있지 않은 편지가 온다. 내용은 간단했다. '당신을 스파이처럼 따라다니고 있고, 당신은 너무 아름답다'는 것이었다. 샹탈은 장난 같아 불쾌해하면서도 편지를 버리지 않고 옷장 밑에 보관한다. 다음 날 또 편지가 도착한다. 이번에는 그녀를 염탐한 내용이 길게 쓰여 있었다. 샹탈은 이 사람 저 사람 살피며 자신에게 편지를 보낸 사람이 누구일지 의심해 본다. 그런데 다음 날 자신의 옷장이 정돈되어 있는 것을 보고는 편지를 보낸 사람이 장-마르크임을 확신한다.

어느 날 샹탈은 전남편의 시누이와 조카들이 예고도 없이 방문해 집안을 온통 뒤집어 놓은 것을 발견한다. 속옷들이 흩어져 있고 자신이 숨긴 편지들도 나와 있었다. 화가 머리끝까지 난 샹탈은 시누이를 쫓아낸 뒤 장-마르크 앞에서 그가 보낸 편지를 소리 내어 읽고는 자기 방으로 들어가 나오지 않는다.

다음 날 아침, 그녀는 장-마르크에게 런던 학술회의에 간다고 거짓말을 하고는 여행용 트렁크를 들고 나온다. 그러면서 자기가 원하는 대로 살 수 있고 언제든 독립을 되찾을 수 있다는 기분을 만끽한다. 샹탈은 런던행 기차를 타러 간 역에서 때마침 발표가 있어 런던에 가는 직장 동료들을 만나 동행한다. 기차에서 내려 슬쩍 그들과 멀어지려던 샹탈은 자신에게 다가오기 위해 군중 속에서 몸싸움을 벌이고 있는 남자를 느낀다.

다음 순간 샹탈은 문도 없고 기이할 정도로 크고 텅 빈 거실의 의자에 앉아 있다. 밖에서는 시끄럽게 못질하는 소리가 나고, 웬 노인이 나타나 샹탈을 다른 이름으로 부르며 알 수 없는 말을 한다. 샹탈은 자신의 이름을 기억하려 하지만 도무지 떠오르지 않는다. 기차역에서 기를 쓰고 자신에게 다가오려던 남자, 분명 자신을 사랑하는 사람이었을 그 사람의 이름을 떠올리면 자기 이름을 되찾을 수 있을 것 같았지만 그마저 기억나지 않는다. 분노와 좌절로 몸이 부들부들 떨릴 때쯤 장-마르크가 부르는 소리를 듣고 샹탈은 잠에서 깨어난다. 그제야 안정을 되찾은 샹탈은 장-마르크에게 이렇게 말한다.

나는 이제 당신에게서 눈길을 떼지 않을 거예요. 늘 당신을 바라보겠어요.

② 장-마르크, "잠을 깨! 이건 사실이 아니야!"

장-마르크는 의사 수업을 받다가 자신이 시체를 정면으로 대할 수 없다는 사실을 알고 3년간의 의학 공부를 포기한다. 이후 여러 직업을 전전하다가 스키 강사로 일할 때 호텔 칵테일파티에서 샹탈을 만났다. 그 뒤로 서로 호감을 느껴 같이 살기 시작한다.

샹탈과 만나기로 한 해변가에서 엉뚱한 여자를 그녀로 잘못 본 날, 장-마르크는 남자들이 더 이상 자기를 돌아보지 않는다는 샹탈의 하소연을 듣는다. 장-마르크는 어딜 가나 샹탈 뒤를 졸졸 따라다니는 남자로서 그렇지 않다고 항변하며 기분을 풀어주려 하지만 별 효과가 없었다.

장-마르크는 샹탈을 달래주기 위해 익명의 남자가 되어 그녀에게 편지를 쓰고 우편함에 넣는다. 그런데 샹탈이 그 편지를 옷장 속에 감추는가 하면 편지에 쓰인 내용을 의식하는 듯한 행동을 하며 환한 표정을 짓는 것을 보면서 묘한 질투심을 느낀다.

고민 끝에 마지막 편지를 우편함에 넣었는데, 마침 샹탈의 전 시누이가 아이들을 데리고 집으로 찾아온다. 수다스러운 시누이와 천방지축인 아이들이 집 안을 난장판으로 만들며 놀고 있을 때 샹탈이 집으로 돌아온다. 화가 난 샹탈이 스파이 없는 곳에서 혼자 있고 싶다고 하자 장-마르크는 해명하려는 마음을 접고 무작정 집을 나와 거리를 방황한다.

아무래도 그녀를 떠날 수 없다는 것을 깨달은 장-마르크는 서둘러 샹탈을 쫓아 런던행 기차를 타지만, 일행과 한창 대화를 나누고 있는 그녀를 보고 아는 체할 수가 없었다. 기차에서 내린 뒤 일행에서 빠져나온 샹탈을 발견하고 다가가려고 하지만 군중 사이에 갇혀버려 놓치고 만다. 그러고는 샹탈의 일행에게 그녀가 머물 호텔 이름을 알려달라고 부탁하지만 거절당한다. 돌아갈 차비도 빠듯하고, 먹을 것도 없고, 비까지 내리는 상황이라 장-마르크는 난감하다.

장-마르크는 샹탈을 어떻게 도와야 할지 몰랐지만, 이 세상에서 그녀를 도울 사람은 오직 자신뿐이라는 생각에 그녀를 두고 떠날 수가 없었다. 그는 거리를 헤매며 그녀의 이름을 외친다. 다음 순간, 장-마르크는 비명을 지르며 요동치는 샹탈을 잠에서 깨운다. "잠을 깨! 이건 사실이 아니야." 장-마르크는 이 말을 되풀이하며 천천히 그녀를 안정시킨다.

소설은 느닷없이 샹탈이 꿈에서 깨어나는 것으로 끝난다. 지금까지 소설에서 전개되던 현실의 시간이 모호해지고 독자들은 어디서부터 현실이 꿈으로 바뀐 것인지 궁금해진다. 앞부분을 넘겨보며 찾아보지만 모호하기는 마찬가지다. 이때 쿤데라가 서술자로 등장하여 능청스럽게 말한다.

나는 자문해 본다. 누가 꿈을 꾸었는가? 누가 이 이야기를 꿈꾸었는가? 누가 상상해 냈을까? 그녀가? 그가? 두 사람 모두? 한 사람이 다른 사람을 위해서? 그리고 어느 순간부터 그들의 현실 속 삶이 이런 뻔뻔스러운 환상으로 변형되었을까? 열차가 영불해협 아래로 들어갔을 때? 그보다 일찍? (중략) 장-마르크가 그녀에게 첫 번째 편지를 보냈던 때였을까? 하지만 그가 정말 그 편지를 보냈을까? 아니면 단지 상상 속에서만 썼을까? 현실이 비현실로, 사실이 몽상으로 변했던 정확한 순간은 언제일까? 그 경계선은 어디에 있을까? 어디에 경계선이 있을까?

그러나 현실과 상상, 사실과 몽상의 경계를 모르는데 샹탈의 꿈이 꿈속의 꿈이 아니라는 보장이 어디 있겠는가? 샹탈이 악몽에서 깨어난 것이 거짓 깨어남이라면, 여전히 샹탈이 꿈을 꾸는 중이라면, 샹탈의 깨달음에서 나온 행복한 결말 또한 꿈의 산물일 뿐이지 않겠는가?

3. 위기의 정체성

정체성의 혼란은 비단 청소년만의 문제는 아니다. 오늘날을 살아가는 사람들 대부분이 정체성의 위기를 겪고 있다. '나는 누구인가?'에 대한 답은 하나의 기준점으로 작용해 우리가 삶에서 부딪히는 여러 선택의 순간에 방향성을 제시하고 이것들이 쌓여 삶의 의미를 이룬다. 따라서 정체성의 위기는 곧 삶에 대한 의미 상실로 이어진다. 그래서 현대인들 대부분은 권태와 무기력을 느끼는 것이다. 그렇다면 옛날 사람들에겐 삶의 의미가 있었단 말인가? 쿤데라는 '그렇다.'라고 답한다.

> 과거의 직업은, 적어도 대부분의 직업은 정열적인 집착 없이는 생각할 수조차 없었지. 그들의 땅과 사랑에 빠진 농부(아름다운 탁자를 만들어내는 마술사인 내 할아버지), 모든 마을 사람들의 발 크기를 외우고 있던 구두 수선공, 그리고 산지기나 정원사도 마찬가지였어. 당시에는 군인도 아마 정열적으로 살인을 했을 거야. 생의 의미는 문제가 되지 않았지. 삶의 의미가 그들의 공장, 그들의 발에 그들과 더불어 아주 자연스럽게 공존했던 거야.

옛사람들은 직업에 대한 정열적인 집착이 있었고 그것이 자연스럽게 삶의 의미를 주었다는 말이다. 옛사람들은 자신의 직업에 마음을 다했다. 귀천을 떠나 각각의 직업은 저마다의 고유한 직업의식과 윤리, 그리고 행동 양식을 가졌고 사람들은 그것을 소중하게 여겼다. 돈이나 홍정은 그다음 문제였다.

오늘날 우리에게 직업은 어떤 의미인가? 직업은 단지 돈을 벌기 위한 수단이라고 생각하는 사람들이 많고, 적게 일하고 많이 벌면 좋은 직업이라고 여긴다. 직업을 바라보는 이런 태도 변화는 일에 대한 열정과 의미를 빼앗는다. 그래서 직업이 정체성의 영역에서 밀려나고 있는 게 현실이다. 쿤데라는 권태가 측량 가능한 것이라면, 권태의 양은 과거보다 오늘날이 훨씬 클 것이라고 했다. 더 이상 직업의식이 정체성이 되고 그 정체성을 바탕으로 삶의 의미를 채워가는 시대가 아니다. 이것이 정체성이 위기를 맞이하게 된 하나의 원인이다.

하지만 정체성의 위기가 한 가지 원인으로 설명될 리 없다. 정체성은 '나에 대한 나의 생각'이므로 '나'라는 자의식 혹은 자아상이 없으면 성립할 수 없는 말이다. 또 우리의 정체성은 나에 대한 나의 생각만으로 형성되는 것이 아니라 나에 대한 남의 생각도 포함한다. 내가 아무리 잘났다고 생각하더라도 남들이 고개를 끄덕여줘야 그것이 나의 정체성이 되는 것이다. 즉 나의 자아상을 인정해줄 타인이 있어야 정체성이 완성된다. 관계를 우선하자니 나의 존재감이 사라지는 것 같고, 나의 정체성을 고집하자니 외롭고 인생의 의미가 없는 듯싶고, 이렇게 현대인들은 딜레마에 빠져 정체성의 위기를 겪고 있다.

이런 맥락에서만 샹탈이 산책을 마치고 돌아와서 장-마르크에게 했던 푸념, 즉 "남자들이 더 이상 나를 돌아보지 않아요."가 왜 문제적이고 어떻게 소설의 주제와 연결되는지 알 수 있다. 샹탈은 개인의 고유성에 집착하는 인물이다. 그녀가 이혼한 이유는 일찍 죽은 자신의 아들에 대한 생각이 전남편과 근본적으로 달랐기 때문이다. 샹탈은 다른 무엇으로도 대신할 수 없는 아이의 개체성을 잊고 싶지 않았다. 그런데 전남편은 아이를 하나 더 가짐으로써 죽은 아이를 대체할 수 있을 거라고 생각했다. 그 순간 샹탈은 떠날 결심을 하게 된다. 그런데 장-마르크를 만나고 나서는 아들의 부재 덕분에 장-마르크에게 절대적인 존재가 되었다며 오히려 아들의 죽음을 다행스럽게 여긴다. 관념과 현실 사이의 이런 이질감 역시 정체성의 위기를 불러온다.

남자들이 자신을 더 이상 돌아보지 않는다는 말은, 이제 자신이 늙었으며 그래서 매력적인 여성이 아니라는 것을 자각하고 있다는 뜻이다. 그런데 샹탈에게는 오직 샹탈만 바라보는 장-마르크가 있지 않은가. 그것으로는 부족한 걸까? 샹탈을 좋아하는 장-마르크는 이미 그녀의 또 다른 자아에 불과하므로 장-마르크의 항변은 아무런 위로가 되지 못한다.

> 그럼 난 뭐야? 당신을 찾아 해변을 수 킬로미터씩 헤맸고, 울면서 당신 이름을 부르며 달려갔고, 당신을 따라 지구 끝까지라도 뛰어갈 수 있는 나는 뭐지?

우리도 가끔 자신을 사랑하는 가족보다 가족 밖, 그러니까 객관적인 판단이 가능한 사람들의 인정이 절실할 때가 있다. 손이 안으로 굽는다는 사실을 잘 알기에 가족의 인정은 미덥거나 객관적이지 못하다고 여기기 때문이다. 샹탈에게 지금 필요한 것은 자신을 있는 그대로 봐줄 다른 남자들의 인정이고, 다른 남자들이란 곧 객관성을 지닌 낯선 타인이다. 자기도 자신을 인정하지 않고 타인도 자기를 인정하지 않는다고 느낄 때 정체성의 위기는 찾아온다. 샹탈은 자존감과 자긍심을 잃고 자신의 정체성을 타인의 시선에 맡긴다. 샹탈이 낯선 익명의 편지를 버리지 못하고 옷장 깊숙이 보관한 이유도 바로 이 때문이다.

누구에게나 특별한 존재로 주목받고자 하는 샹탈의 욕망은 평범한 사람들의 내밀하고 은근한 욕망을 대변한다. 샹탈이 남편과 헤어져 장-마르크와 같이 살게 된 것도 장-마르크가 그녀를 특별한 존재로 대했기 때문이다. 장-마르크는 오직 샹탈만을 지그시 바라봤고 사랑한다는 말을 되풀이했다. 하지만 샹탈은 익명으로 편지를 쓴 장-마르크에게 화가 치밀었는데, 이는 장-마르크 외에 자신을 아무도 쳐다보지 않는다는 사실을 재차 확인한 데서 오는 비참함이 컸기 때문이다.

그러나 누구에게나 주목받는 삶이 과연 좋기만 할까? 스쳐 가는 모두의 시선보다 단 하나의 지긋한 시선이 더 낫지 않을까? 모두의 시선은 곧 아무의 시선도 아니다. 기분은 좋을지 몰라도 삶을 지속시킬 힘이나 의미가 그 속에는 없다. 그러니 공허할 뿐이다.

소설은 샹탈이 이런 사실을 깨닫는 것으로 끝맺는다. '모든 남자들 사이를 누비고 다니는 사랑은 사랑이라는 이름의 감옥에 갇힌 삶'일 뿐이며 '이 세상 그 어디에서도 그녀를 도울 사람, 자신의 이름을 불러줄 사람은 오직 장-마르크 뿐'이므로 샹탈은 '매일 밤마다 밤새도록 스탠드를 켜놓고 늘 장-마르크에게서 눈길을 떼지 않을 것'이라고 다짐한다.

4. 예쁘게 화장한 참혹함

소설 앞부분에는 샹탈을 찾으러 간 해변가에서 장-마르크가 다른 여자를 샹탈로 착각하는 장면이 나온다. 그러면서 장-마르크는 사랑하는 여자와 다른 여자의 모습을 혼동하는 자신에게 무력감을 느낀다. 하지만 이런 경험은 처음이 아니었다. 이미 여러 번 겪었고 항상 똑같이 놀란다. 샹탈과 다른 여자들과의 차이가 그렇게 미미한 것일까?

장-마르크는 샹탈이 뭇 남성들의 시선을 원한다는 사실을 알고 그런 욕망을 충족해 주기로 한다. 그는 자신이 보낸 비밀 편지에 동요하고 은근히 호응하는 샹탈을 보며 질투심을 느끼기도 하지만, 동시에 샹탈이 자신이 생각하는 사람이 아닐지도 모른다는 회의가 든다.

그에게 그녀는 더 이상 확실한 존재가 아니었기에 가치 없는 카오스인 이 세계 속에는 더 이상 어떤 안정적인 나침반도 없게 되었다. 본질이 전이된, 혹은 본질이 빠져나가 버린 샹탈을 마주하니 이상하고 울적한 무관심이 그를 사로잡았다. 그녀에 대한 무관심이 아니라 모든 것에 대한 무관심. 그녀가 환영이라면 장-마르크의 모든 삶이 환영일 수밖에 없으니까.

그에게 사랑은 가치 없는 세계에서 그나마 살아갈 수 있게 해주는 힘이었다. 장-마르크는 의학 공부를 포기하고 대학을 떠날 때, 자신이 삶에 대한 야심을 포기하고 이 세계의 변두리에 놓이게 되었음을 깨달았다. 그는 아무런 야심도 품지 않은 채 성공하고 인정받고 싶어 안달복달하지 않는 삶에 정착했고, 거기에는 오직 사랑하는 사람만 있으면 됐다. 그런데 자신의 삶에 안정적인 나침반이 되었던 그 사랑조차 환영일지 모른다니…….

샹탈은 해변에 가면 흔히 볼 수 있는 평범한 여자이다. 장-마르크가 그런 샹탈을 좋아하는 이유는 그저 샹탈이기 때문이다. 여러 여자 중의 한 명이 우연히 샹탈이었고, 샹탈은 장-마르크가 아니었기 때문이다.

당신을 알고부터 모든 게 달라졌어. 내 하찮은 일이 예전보다 흥미로워진 것은 아니야. 내 주변에서 일어나는 모든 것을 우리 대화의 소재

> 로 삼았기 때문이지. (중략) 세상에서 외따로 떨어져 사랑하는 두 존재, 그건 아주 아름답지. 하지만 두 사람이 마주 앉아 무슨 얘기를 할 수 있을까? 이 세상이 아무리 경멸할 만한 것일지라도 그들에겐 이 세계가 필요해. 서로 대화를 하기 위해서라도 말이야. (중략) 어떤 사랑도 침묵에 배겨날 순 없어.

사랑은 나와 타자 사이에 일어나는 일이지 나와 나 사이에 일어나는 일이 아니다. 연인들이 꿈꾸는 일심동체는 위험한 말이다. 같은 사람들끼리는 대화할 필요가 없다. 같은 걸 느끼고 같은 걸 생각하는데 굳이 말이 왜 필요하겠는가. 그러나 나와 타자 사이의 사랑에선 끊임없이 대화가 흘러야 한다. 대화는 교류를 낳고 교류는 정지가 아니라 운동이다, 운동은 변화를 동반한다. 대화가 멈추면, 다시 말해 대화의 자리를 침묵이 대신하면 그것은 사랑의 종말이다. 사랑하는 사람끼리 닮아가면서 어쩔 수 없이 대화가 줄어든다. 이럴 때 세상의 다정한 소란과 소음이 필요해진다. 그 소란과 소음이란 자식이 될 수도 있고 자연이 될 수도 있고 사회적 이슈가 될 수도 있다. 어쨌든 이 세상의 소란과 소음은 분명 막힌 사랑의 물꼬를 터주는 계기가 된다. 그러니 지금 이 순간 사랑하는 사람들은 서로만 쳐다볼 것이 아니라 자신들의 사랑을 지속하기 위해서라도 세상을 돌아보고 살펴야 한다.

소설 속에는 샹탈과 장-마르크 말고도 쿤데라의 분신으로 보이는 인물이 등장한다. 런던행 기차 안에서 '삶의 의미'와 관련하여 샹탈 및 그의 동료들과의 대화를 이끈, 샹탈이 다니는 광고 회사의 사장인 르루아이다. 그는 마르크스와 정신분석, 현대시에 통달한 늙고 현학적인 사람으로 나오는데, 그가 밝힌 자신의 신조는 대충 이렇다.

진화에서 인간은 창조자가 아니라 집행자일 따름이다. 자기가 집행하는 것의 의미를 모르는 한심한 집행자이다. 의미라는 것은 인간에게 속하지 않고 오로지 신에게만 속하며, 인간은 그저 신이 기분 내키는 대로 할 수 있도록 그의 뜻을 따를 뿐이다. 따라서 인간에게는 세상을 바꿀 능력이 없고, 인간 또한 결코 세상을 바꾸지 않을 것이다.

그러자 가장 나이 많고 우아한 부인이 "그렇다면 우리는 무엇을 위해 사는 걸까요?"라고 묻는다. 르루아의 대답은 단순하고 명쾌하지만 충격적이다. 르루아는 인생에 특별한 의미는 없고, 인생의 본질이란 그저 진화와 유전자의 명령에 따라 먹고 배설하고 자식을 낳는 것이라고 답한다. 우리가 그럴듯하게 의미를 부여하고 감탄하는 것들도 실은 그러한 참혹함을 감추거나 외면하기 위해 예쁘게 화장하고 분장한 것이라니, 참으로 냉정한 결론이 아닐 수 없다. 수긍하지 못한 부인이 다시 '그렇다면 삶의 위대성은 어디에 있단 말인가, 우리가 고작 이런 것만 할 수 있다면 우리가 자유로운 존재라는 사실에 어떤 자부심을 느낄 수 있단 말인가?'라는 취지로 묻는다. 이에 를르와는 '인생에는 의미가 없고 따라서 누구의 어떤 삶이라도 대단할 것은 하나도 없다. 당신도 나도 사실 아무것도 아니다. 다만 이 참혹한 현실을 겪으면서 불행해지든지 행복해지든지 그것은 당신의 자유이다. 자신의 고유성과 개별성이 지워지고 사라지는 참혹한 현실 속에서 패배감과 황홀감 중 무엇을 느낄 것인가는 당신의 선택에 달렸고 이게 우리의 유일한 자유이다.' 라는 식으로 답한다.

모든 것이 무의미한 인간의 운명을 결점처럼 끌어안고 살지 말고 즐기는 법을 배워야 한다. 참혹한 현실 속에도 아직 우리에겐 선택할 자유가 남아 있다. 그것이 현실을 바꾸진 못해도 내 삶의 모습을 바꿀 수는 있을 것이다. 행복은 밖에서 오는 것도 아니고 또 누군가가 선물해 주는 것도 아니다. 내 선택에 달려 있다. 또 행복은 멀리 있는 것도 아니고 얻기 어려운 것도 아니다. 내가 행복해지기로 마음먹는 순간 행복은 거기에 있다. 세상을 바라보는 를르와의 시각이 맞는지는 잘 모르겠지만 그가 제시한 처방에는 전적으로 동의한다. 그리고 참혹한 세상을 즐기는 것의 으뜸은 반복적인 일상에서 서로의 이름을 불러주는 좋은 관계를 맺는 것이다. 소설의 끝에서, 자신의 이름이 도무지 기억나지 않는 꿈속을 헤매는 샹탈과 그녀의 이름을 불러 악몽에서 깨어나게 하는 장-마르크의 모습은 이런 의미를 담고 있다. 내가 나의 이름을 기억하지 못하더라도 나의 이름을 불러주는 단 한 사람만 있다면 그래도 살 만한 것이다.

《정체성》은 《느림》에 이어 프랑스어로 쓴 쿤데라의 두 번째 작품이다. 이 소설 발표 당시에 쿤데라는 "우리 시대 남녀 간의 사랑이 존재할 수 있는 극한을 추구했다."라고 말했고, 이에 대해 《르 몽드》에서는 "이 작품은 기존 소설의 연장이 아니라 완전히 새로운 시작이다."라고 평했다. 무엇이 '완전히 새로운 시작'이라는 걸까?

> 샹탈은 《불멸》에 나오는 아녜스의 분신 같은 인물이다. 그들은 '내 것이 될 수 없는 세계에서, 나의 정체성도 찾을 수 없는 그런 세계에서 어떻게 살 수 있는가?'란 의문을 품는다. 그 해답으로 아녜스가 수도원을 선택했다면 이제 샹탈은 사랑을 선택한다.

샹탈과 아녜스는 모두 같은 고민에 빠지지만 그에 대한 대응은 수도원과 사랑으로 갈라진다. 아녜스의 수도원은 신의 사랑을 포함하겠지만 왠지 메마르고 외로운 선택처럼 느껴진다. 그에 비해 장-마르크에 대한 샹탈의 사랑은 흔하고 평범한 선택이지만 추상적인 신의 사랑보다 구체적이고 생생하다. 냉소와 씁쓸함이 묻어나는 결말이 아니라 희망을 내포한 해피 엔딩이라는 점에서 쿤데라의 이전 소설과는 확실히 다르다고 할 수 있다. 이와 관련해서 쿤데라도 "세상에 대한 우리의 지각을 믿을 수 없기 때문에, 사랑의 기본 원리가 불확실하더라도 사랑은 외부 세계로부터 우리를 보호할 수 있는 유일한 가치다."라고 말했다.

소설이 상상의 산물이라지만 어디까지나 소설가의 생활 경험과 무관하지 않고 쿤데라가 말년에 은둔에 가까운 삶을 산 것을 함께 고려할 때, 《정체성》 속 샹탈의 고민은 쿤데라의 아내로부터 오지 않았을까 생각해 본다. 어디까지나 즐거운 상상이지만.

쿤데라의 소설 속에는 그가 탐색한 주제에서 파생한 다양한 성찰과 빛나는 통찰이 담겨 있다. 《정체성》 역시 마찬가지다. 생략하고 지나치기엔 아깝다. 가령 샹탈이 일찍 죽은 아들의 무덤 앞에서 내뱉은 독백은 어떻게 종(種)으로서의 인류 공동체가 유지되어 왔는지 그 메커니즘을 설명해 준다.

> 아기를 갖고 동시에 이 세계를 경멸한다는 것은 불가능하단다. 왜냐하면 우리가 너를 내보낸 곳이 바로 이 세계이기 때문이지. 그래서 우리가 이 세계에 집착하는 것은 아기 때문이며, 아기 때문에 세계의 미래를 생각하고 그 소란스러움, 그 소요에 기꺼이 참여하며, 이 세계의 불치의 바보짓에 대해 진지하게 고민하는 거란다.

그리고 장-마르크의 입을 통해 제시되는 우정에 대한 통찰은 우정과 의리를 최고의 인간관계라고 생각하는 사람들에게 날카롭기 그지없다.

> 우정이란 기억력의 원활한 작용을 위해 인간에게 필요 불가결한 것이야. 과거를 기억하고 그것을 항상 가지고 다니는 것은 아마도 흔히 말하듯 자아의 총체성을 보존하기 위한 필요조건일 거야. 자아가 위축되지 않고 그 부피를 간직하기 위해서는 화분에 물을 주듯 추억에도 물을 주어야만 하며 이 물주기가 과거의 증인, 말하자면 친구들과 규칙적인 접촉을 요구하는 거야. 그들은 우리의 거울이야. 우리의 기억인 셈이지. 우리가 그들에게 요구하는 것이란 우리가 자아를 비춰볼 수 있도록 그들이 이따금 거울의 윤을 내주는 것일 뿐이야.

마지막으로 하나 더! 쿤데라의 통찰은 아니지만 《정체성》과 관련된 주제이기에 덧붙인다. 85년간 세대에서 세대를 뛰어넘어 진행된 심층적인 행복 연구 프로젝트가 있다. '하버드 성인 발달 연구'가 그것이다. 1938년 하버드 의대 성인발달연구소는 하버드대 2학년 재학생 268명과 보스턴 최빈곤층 10대 후반 456명을 두 그룹으로 분류하여 85년간 그들의 직업과 가정생활, 건강 상태 등을 추적 조사했다. 지금까지의 연구 결과를 집대성해 연구의 네 번째 책임자인 로버트 월딩거가 《세상에서 가장 긴 행복탐구보고서(The Good Life)》라는 책을 썼다. 이 연구에서 밝혀진 행복하고 건강한 삶을 만드는 결정적 요인은 재산도 명예도 학벌도 그리고 일에 대한 열정도 아니었다. 우리를 건강하고 행복하게 만드는 것은 좋은 관계였다. 방대한 사례를 통해 밝혀진 사실은 가족, 친구, 공동체와의 사회적인 연결이 긴밀할수록 더 행복하고 신체적으로도 건강하며 더 오래 산다는 것이었다. 또 얼마나 친구가 많은지, 얼마만큼 공인된 관계를 갖고 있는지는 중요하지 않았다. 관계의 질, 관계에 대한 만족도가 무엇보다 중요했다. 마지막으로 좋은 관계는 우리의 몸뿐 아니라 우리의 뇌도 보호해 준다고 한다. 그러니까 좋은 관계가 좋은 삶을 만드는 것이다.

무의미의 축제

La f'ête de l'insignifiance, 2014

1. 무의미엔 매혹적인 장난을

이 작품은 칵테일파티를 중심으로 평탄한 일상이 진행되면서 네 인물의 생각이 교차 편집된다. 네 사람은 나이를 초월한 우정을 이어가고 있다. 육십 세가 넘은 라몽, 사십 대의 샤를과 칼리방, 그리고 삼십 대인 듯한 알랭. 소설은 제목처럼 무의미한 존재들이 서로 자기가 더 무의미하다고 다투는 축제의 장처럼 보인다.

① 무의미 예찬론자 라몽

라몽은 평온한 고요 속에서 위안을 주는 뤽상부르 공원 산책길에서 다르델로를 만난다. 다르델로는 라몽에게 자신의 생일날 칵테일파티를 준비할 사람(라몽의 친구인 샤를과 칼리방이 그런 일을 한다)을 부탁하면서 평소답지 않게 아주 간결하게 방금 자신이 암 선고를 받았다는 거짓말을 한다. 이 말을 듣고 라몽은 가슴이 뭉클해진다.

다르델로는 사실 라몽이 싫어하는 나르키소스 부류이다. 다르델로는 우아한 표현과 지나친 장광설, 늘 도덕적이고 반듯한 태도로 여자들의 관심을 끌려 한다. 다른 사람 눈에 비친 자기 모습을 관찰하며 더 멋있어지고 싶어 하고, 그래서 사람들에게 늘 친절하려고 애쓴다. 이것이 나르키소스의 특징이다. 이들은 보잘것없는 것의 가치를 전혀 모르기 때문에 라몽이 그를 싫어하는 것이다.

라몽에게는 다르델로와 비교되는 오랜 친구인 카를리크가 있다. 카를리크는 누구의 주의도 끌지 않고, 남들에게 깊은 인상을 주는 것도 피하며, 평범하고 아무것도 아닌 말을 작은 목소리로 중얼거린다. 보잘것없기에 상대 여자가 조심하거나 재치 있어야 할 필요가 없다. 상대방의 마음을 놓게 하고 상대방을 자유롭게 해주기 때문에 정작 상대방이 접근하기가 더 쉬워진다. 카를리크가 라몽의 오랜 친구이자 대단한 바람둥이가 될 수 있었던 비결이고, 칵테일파티에서 다르델로가 홀딱 반해버린 여자를 차지할 수 있었던 이유이기도 하다.

라몽은 다르델로의 초대에 예의상 칵테일파티에 가긴 했지만 세상이 심드렁하고 지겹다. '좋은 기분'이 들지 않는다. 스탈린이 죽기 전에 태어나 나이가 들 만큼 든 라몽은 '이제 이 세상을 뒤엎을 수도 없고, 한심하게 굴러가는 걸 막을 도리도 없다'는 걸 오래전에 깨달았다. 저항할 수 있는 길은 딱 하나, 세상을 진지하게 대하지 않는 것뿐이다. 그런데 이젠 세상에 장난을 거는 것도 피곤하고 지겹다. 라몽은 작별 인사도 없이 파티장을 떠난다.

다음 날, 뤽상부르 공원을 산책하다 다르델로를 다시 만난 라몽. 마침 공원에선 느닷없이 어린이 축제 같은 것이 열리고 사냥꾼과 오줌꾼이 등장해 청중을 웃기고 있다. 이에 '좋은 기분'을 되찾은 라몽이 하찮고 의미 없다는 것의 가치를 다르델로에게 말해준다.

> 하찮고 의미 없다는 것은 말입니다…… 존재의 본질이에요. 언제 어디에서나 우리와 함께 있어요. 심지어 아무도 그걸 보려 하지 않는 곳에도, 그러니까 공포 속에도, 참혹한 전투 속에도, 최악의 불행 속에도 말이에요. 그렇게 극적인 상황에서 그걸 인정하려면, 그리고 그걸 무의미라는 이름 그대로 부르려면 대체로 용기가 필요하죠. 하지만 단지 그것을 인정하는 것만이 문제가 아니고, 사랑해야 해요. 사랑하는 법을 배워야 해요. (중략) 전혀 쓸모없는 공연, 이유도 모른 채 까르르 웃는 아이들…… 다르델로, 우리를 둘러싸고 있는 이 무의미를 들이마셔 봐요. 그것은 지혜의 열쇠이고 좋은 기분의 열쇠이며……."

라몽은 자신의 무의미 예찬이 다르델로에게는 썩 달갑지 않다는 것을 깨닫고 거짓말을 해준다. '어제 프랑크 부인이랑 당신을 봤는데 둘이 연인이라는 게 분명하다.'라고. 프랑크 부인의 손도 잡아보지 못한 다르델로는 라몽의 말에 행복해하며 자리를 뜬다.

시한부 암환자에게 준 라몽의 선물이었다.

② 사과쟁이 알랭

알랭은 배꼽을 드러내는 여성들의 유행에 주목한다. 허벅지, 엉덩이, 가슴에 이어 여성의 매력이 몸 한가운데 둥글고 작은 구멍에 집중된 것에 어떤 의미가 있는지 궁금하다. 물론 유행에 의미가 있을 리 없다. 유행은 돌고 돌 뿐. 알랭이 배꼽에 집요하게 골몰하는 것은, 알랭이 열 살 때 마지막으로 만났던 어머니가 작별 인사를 하면서 알랭의 배꼽을 뚫어지게 바라보았기 때문이다.

알랭은 사과쟁이다. 길에서 마주 오는 사람과 부딪히면 바보같이 반사적으로 미안하다고 말한다. 알랭은 왜 그렇게 되었을까? 자신이 태어나자마자 아빠를 떠난 엄마에 대해 알랭이 자꾸 묻자 아빠는 엄청난 반감을 억누르며 알랭에게 말한다. "네 엄마는 네가 태어나는 걸 전혀 원치 않았어."라고. 엄마가 원하지 않았는데 어쩔 수 없이 태어났다는 자책감은 알랭에게 평생 사과하며 살아갈 운명을 덧씌운다.

알랭은 어릴 때 헤어진 엄마의 숨겨진 사연을 지어내기도 하고 상상의 엄마에게 이야기를 듣기도 한다. 이것은 엄마를 이해하고 엄마와 화해하는 그만의 방법이다. 뱃속에 알랭을 밴 엄마는 다리 한가운데서 몸을 던지려 했다. 그때 웬 청년이 나타나 그녀를 말린다. 엄마는 자신이 구조되면 영원히 우스운 꼴이 될 거라는 생각에 청년까지 끌어안고 물에 떨어졌다. 그러나 수영에 능숙했던 엄마는 자동적으로 몸이 반응해 살아났고 덕분에 뱃속 아이까지 살 수 있었다. 그러나 애꿎게도 그녀를 구하려던 청년은 익사하고 말았다. 엄마는 왜 다리에서 뛰어내리려 했을까? 그녀는 태어나게 해달라고 하지도 않은 누군가를 세상에 내보는 것이 끔찍했을 뿐이다.

배꼽을 갖고 있다는 것은 여자의 배에서 태어났다는 증표이다. 배꼽의 배꼽의 배꼽을 거슬러 올라가면 온 인류가 배꼽으로 이어지고 마침내 배꼽 없는 여자, 최초의 여자인 하와에 이르게 될 것이다. 하와는 누군가의 배에서 태어난 게 아니라 창조주에 의해서 태어났다. 엄마가 알랭의 배꼽을 연민과 경멸 섞인 시선으로 바라본 이유는 인류가 배꼽의 굴레, 어리석은 쾌락과 그 대가의 반복에서 완전히 벗어나길 소망했기 때문일지도 모른다.

이렇게 상상 속 엄마는 자신의 생각을 들려주며 알랭이 지금 여기 이렇게 있는 건 자신이 약했기 때문이라며 미안하다고 한다. 엄마의 마음을 헤아린 알랭은 사과쟁이답게 엄마에게 잘못을 빈다.

> 잘못은 제가 빌어야죠. 제가 어머니 뱃속에 쇠똥처럼 떨어졌잖아요. (중략) 사과쟁이로서 저는 어머니하고 저하고 서로 사과할 때 기분이 좋아요. 참 좋은 일 아니에요? 아까 어머니가 말한 거 다 동의해요. 정말로! 어머니하고 저하고 동의한다는 거, 좋지 않나요? 우리의 동맹이 근사하지 않나요?

공원을 산책하며 알랭은 어머니가 엷게 웃으며 평온하고 부드러운 목소리로 "알랭, 너하고 여기 같이 있어서 좋구나."라고 말하는 것을 듣고 가슴이 뭉클해진다.

③ 매혹적인 장난꾼, 샤를과 칼리방

샤를과 칼리방은 평소 칵테일파티를 같이 준비하는 사이다. 샤를은 자신을 포함해 소설 속 네 명의 친구를 창조한 주인(쿤데라)에게 흐루쇼프(1894-1971)의 《회고록》을 받아 읽고 있다. 《회고록》 중 '자고새 이야기'에 홀딱 반한 샤를은 친구 칼리방에게 소개하기도 하고 그 이야기를 본뜬 인형극을 만들고 싶은 욕망에 사로잡힌다.

자고새 이야기는 스탈린의 농담이다. 스탈린은 동지들에게 소소한 자기 이야기를 들려주길 즐겼다. 눈이 많이 내린 어느 날, 스탈린은 사냥을 나선다. 13킬로미터를 누빈 끝에 나무 위에 앉은 자고새 24마리를 발견한다. 그런데 아뿔싸, 총알이 12발밖에 없다. 그는 총을 쏴 먼저 12마리를 잡은 뒤 집까지 13킬로미터를 돌아가서 12발을 더 챙기고 다시 와서 나머지 자고새 12마리를 모두 잡는다.

작은 회합에서 이 이야기를 꺼내자 거기 있던 다른 사람들의 반응은 어땠을까? 놀랍게도 아무도 웃지 않았다. 하지만 속으로는 모두가 말도 안 되는 거짓말이라고 생각했다. 이때 흐루쇼프가 대담하게 물었다. '정말 나뭇가지에 자고새들이 그대로 앉아 있었단 말인가요?' 나머지 사람들은 그날 자기들끼리 목욕탕에 가서야 입에 거품을 물고 스탈린을 욕했다고 한다.

샤를에겐 농담을 잘하고 주변에서 천사 같다는 말을 듣는 어머니가 있는데, 지금은 많이 아프시다. 칵테일파티에서 공중에 떠다니는 하얀색 깃털을 보면서, 샤를은 이곳에 천사가 와 있고 그것이 어머니의 죽음을 상징하는 것 같아서 불안해한다. 파티가 끝나고 알랭의 집에 모여 술을 마시기로 하지만 어머니의 임종이 가까워졌다는 연락을 받고 급히 떠난다.

칼리방의 첫 번째 직업은 배우였다. 그가 칼리방으로 불리는 것은 그가 마지막 무대에서 연기한 역이 셰익스피어의 《템페스트》에 나오는 괴물 '캘리번'이었기 때문이다. 실제 자기 삶과 전혀 다른 역을 연기해야 배우로서 자격이 있다고 생각하는 칼리방은 샤를과 칵테일파티에서 서빙을 하며 자신을 파키스탄인으로 설정한다. 즉석에서 재밌는 파키스탄 말을 만들어내며 매혹적인 장난에 즐거워한다. 서빙을 하러 간 다르델로의 파티에서 다르델로의 포르투갈 가정부 마리아나가 자신에게 관심을 보이자 칼리방은 그녀와 서로 알아듣지 못하는 말로 대화를 나눈다.

마리아나 (포르투갈어로) 당신이 여기에 있어서 정말 좋아요.

칼리방 (파키스탄어로) 당신은 정말 아름다워요.

서로 알아듣지 못하는 두 언어로 나누는 대화는 그들을 더 가까워지게 만들고, 칼리방이 가볍게 입맞춤을 하자 그녀는 수줍어하며 달아난다. 그녀를 통해 순결성이 그리워진 칼리방은 알랭의 집에서 한잔하자고 제안한다.

2. 스탈린의 농담

스탈린의 자고새 이야기를 듣고 웃은 사람이 아무도 없었다고 했다. 흐루쇼프의 질문은 스탈린이 이야기를 들려주는 상황이 얼마나 진지했는지 짐작하게 한다. 그러니까 흐루쇼프는 대담한 게 아니라 진지했다. 흐루쇼프는 스탈린의 말이 진짜인지 가짜인지를 확인하고 싶었던 것이다. 흐루쇼프의 질문에 스탈린은 "물론이지."라고 답한다. 흐루쇼프가 이 일화를 자신의 자서전에 담은 것은 스탈린의 공포정치를 고발하기 위해서였을 것이다.

농담이 통용되지 않는 사회는 좋은 사회일까? 너무나도 진지한 나머지 사소한 농담에도 모욕과 수치를 느끼고 희롱과 폭력처럼 여겨도 괜찮을까? 농담을 진지하게 받아들이는 상황이야말로 농담이자 난센스이다. 이것은 농담의 종말을 의미한다. 농담이 위험한 것이 되고 마는 시대적 상황을 배경으로 한 소설이 바로 쿤데라의 첫 장편소설 《농담》이었다. 스탈린의 철권통치와 피의 숙청은 일상적인 대화에서 농담을 앗아갔다. 전체주의는 권력에 대한 풍자와 해학과 유머를 불온시한다. 기본적으로 웃음은 공격적인 속성을 가졌기 때문이다. 웃음은 뭔가를 풀어헤치고, 뭔가를 깨며, 뭔가를 무너뜨린다. 웃음은 풍선에 바람 빠지듯 긴장을 풀리게 하고 엄숙한 분위기를 일시에 깨며, 고고한 권위를 한순간에 바닥으로 무너뜨린다.

그런데 스탈린은 자신의 이야기를 농담이라고 생각하며 들려준 것일까? 웃기려고 들려줬는데 아무도 웃지 않고 너무 진지하게 받아들이자 속으로 씁쓸한 마음이 들었을까? 이 지점에서 쿤데라의 자유로운 상상력이 발동한다.

스탈린의 자고새 이야기에 반한 샤를은 스탈린이 목욕탕에서 자신을 욕하는 동지들의 소리를 몰래 엿듣고 미친 듯이 웃었을 거라고 생각한다. 스탈린은 농담을 농담으로 받아들이지 못하는 동지들의 엄숙함을 오히려 즐겼던 것이다. 동시에 스탈린은 너무 진지한 사람에 대한 연민도 잊지 않았다. 예를 들면 미하일 이바노비치 칼리닌(1875-1946)에 대한 애정. 칼리닌은 철강 노동자 출신으로 1919년부터 1946년까지 오랫동안 명목상 국가원수인 소비에트 연방 최고회의 의장이었다. 그러나 노동자의 나라라는 소비에트 사회주의의 명분을 보여주기 위한 배려였지 실질적으로는 아무런 힘도 가지지 못한 꼭두각시에 불과했다. 칼리닌은 나이가 많아지자 전립선 비대증으로 뻔질나게 오줌을 누러 가야 했다. 하지만 자고새 이야기를 하면서 때론 샛길로 빠지고 결말을 미루는 스탈린 앞에서 감히 화장실을 들락거릴 엄두를 못 냈다. 결국 얼굴이 하얗게 질린 채 바지에 오줌을 싸고 만 칼리닌은 회합이 끝나고도 창피해 자리에서 일어나지 못했다. 스탈린은 자기 눈앞에서 자기 이야기를 듣기 위해 오줌을 참고 있는 칼리닌의 충성, 그 비속하고 필사적이며 영웅적인 행위에 애정을 느껴 제2차 세계대전 후 소비에트에 새로 합병된 독일 도시*에 '칼리닌그라드'라는 이름을 붙였다.

샤를의 상상은 여기서 그치지 않는다. 이번엔 전립선 비대증의 칼리닌에 대한 상상. 공식 오찬 중이거나 일장 연설 중에도 돌연하고 강력한 소변 욕구 때문에 2분마다 자리를 떠야 했던 칼리닌. 차마 공식적인 자리에 은밀하고 사적인 사정을 밝힐 수 없었기 때문에 칼리닌이 자리를 비울 때마다 그 공백을 오케스트라 민속음악이나 발레리나의 춤이 메꿨다. 그것이 반복되자 사람들은 본행사보다 그 시간을 더 즐기기 시작한다. 음악과 춤이 있는 그 시간 동안 사람들은 신이 나서 날뛰고 아우성치며 그 자리를 열광의 난장판으로 만들었다.

다시 원래의 질문으로 돌아가 보자. 스탈린은 아무도 웃지 않는 농담을 왜 했을까? 아무도 웃지 않는 억압적이고 권위주의적인 분위기를 자신이 연출해 놓고 왜 농담을 던졌을까? 쿤데라가 꾸며낸 스탈린의 해명은 이렇다.

* 이 도시의 독일식 이름은, 철학자 칸트가 평생 살았던 '쾨니히스베르크'이다.

스탈린은 칸트의 중요 개념인 '물 자체(Ding an sich)'를 부인한다. 칸트는 우리가 표상(감각적으로 마음에 그릴 수 있는 외적 대상의 상)하는 객체적 사물 그 자체는 알 수 없어도 실재한다고 생각했지만, 스탈린은 그딴 것은 없다면서 쇼펜하우어의 생각에 손을 들어준다. 쇼펜하우어는 세계 뒤에는 어떤 실재도 없고 세계는 오직 표상과 의지의 작용일 뿐이며 표상이 실재가 되려면 의지(무엇을 이루고자 하는 마음. 또는 무엇을 하고자 하는 내적인 힘)가 있어야 한다고 주장했다. 그렇다면 사람마다 자기가 원하는 표상을 실재화하기 위해 의지를 낸다면 지구에 있는 사람 수만큼 세계의 표상이 생겨날 테고 그것은 필연적으로 혼돈을 만들 것이다. 이 혼돈에 질서를 부여하는 것은 단 하나의 막대한 의지, 모든 의지 위의 의지이다. 이것이 스탈린에게 주어진 역할이고, 독재자 스탈린은 인류를 위해 마치 신처럼 혼돈에 질서를 부여했다.

그러나 회의가 찾아든다. 그 인류라는 것이 추상적으로는 고상하게 느껴지지만 자신의 주변에서 확인하는 구체적 존재일 때는 지리멸렬하고 변변치 못한 사람이었던 것이다. 자신의 농담도 이해하지 못하고 뒤에서 욕설이나 하는 한심한 멍청이들을 위해 지금껏 자기의 의지와 힘을 낭비했더란 말인가! 스탈린은 지치고 지겨워졌다. 고매한 인류와 비루한 인간들 사이의 간극을 견디지 못한 자들 가운데 일부는 이상을 버렸을 테고 또 일부는 이상으로 도피해 인간을 버리기도 했을 것이다.

스탈린은 어떤 선택을 했을까? 혼돈스러운 세상에 위대한 질서를 세우려는 자신의 아름다운 꿈이 무너지도록 내버려두고 싶어진 스탈린은 농담과 장난과 변덕을 택한다. 스탈린의 동상들이 철거될 거라고 걱정하는 흐루쇼프에게 스탈린은 쾌활하지만 고독하게 웃으며 말한다.

> 모든 꿈은 언젠가는 끝납니다. 피할 수 없는 것과 마찬가지로 예측할 수도 없어요. 이 무지몽매한 자들, 그걸 모른단 말이오? (중략) (속으로) 이 천치들아, 추락하는 천사들을 이제 더 많이 보게 될 것이다.

스탈린은 자신의 막대한 의지로 세웠던 질서의 세계가 정작 사람들에게 무의미하게 받아들여지는 것을 목도하고 그 세계를 스스로 허문다. 이때 그가 꺼낸 망치가 바로 자고새 이야기였던 것이다. 막대한 의지, 의지 위의 의지는 세계를 세우기도 하고 기분 내키는 대로 무너뜨리기도 할 수 있어야 한다. 자신이 만든 것을 아까워하며 허물지 못하는 것은 어느덧 자신이 만든 것의 노예가 되었다는 뜻이므로. 변덕을 부리지 못하고 또 이유 없는 장난을 칠 줄 모르는 권력자는 하수이다. 총명함과 유머 감각으로 등장 당시에는 인기가 상당했지만, 방탕한 생활과 정신병자 수준의 광기로 로마를 불태우며 눈물을 흘렸다고 전해지는 로마제국의 황제 네로야말로 절대권력의 진정한 화신 아니겠는가.

네로까지는 아니어도 《무의미의 축제》에서 뜬금없이 자신이 암에 걸렸다고 거짓말을 하는 인물인 다르델로. 농담마저도 늘 도덕적이고 반듯해서 오랜 직장 동료였음에도 라몽이 별로 안 좋아하는 친구. 그런데 다르델로는 거짓말을 하고 나서 거짓말을 했다는 부끄러움이 아니라 자신의 거짓말에 아무런 의미가 없다는 것에 이상하게도 참을 수 없는 웃음을 터뜨린다. 왜 했는지 설명할 수 없는 거짓말과 왜 웃는지 모르는 웃음. 다르델로가 좋은 기분을 만끽한 것은, 의도하지 않았지만 세상에 장난과 농담을 던질 수 있는 위치에 잠깐 올라섰기 때문일 것이다.

스탈린에 대한 쿤데라의 관대한 상상은 스탈린에 대한 옹호로도 읽힐 수 있어 논란의 여지가 있고 스탈린을 싫어하는 사람에게는 불쾌감을 줄 수도 있겠다. 그러나 걱정할 필요는 없다. 소설 속에서 스탈린을 경험한 유일한 인물인 라몽은 스무 살밖에 안 된 알랭의 여자친구가 스탈린의 자고새 이야기를 전혀 이해하지 못한다는 것을 알게 된다. 스탈린은 도도한 시간의 흐름 속에서 이미 잊히고 있는 인물이었던 것이다. '네 할아버지는 위대한 진보 영웅 스탈린을 지지하기 위해 다른 지식인들과 같이 탄원서에 서명했다면, 네 아버지는 스탈린에 대해 벌써 좀 회의적이었을 테고, 네 세대는 더했을 거고, 우리 세대에서 그는 죄인 중의 죄인이 됐으며, 네 여자친구에게는 그 이름조차 그냥 어렴풋이 아는 존재가 되었다.' 역사의 망각은 아무도 되돌릴 수 없다.

> 시간은 흘러가. 시간 덕분에 우선 우리는 살아 있지. 비난받고 심판받고 한다는 말이야. 그다음 우리는 죽고, 우리를 알았던 이들과 더불어 몇 해 더 머물지만 얼마 지나지 않아 새로운 변화가 일어나. 죽은 사람들은 죽은 지 오래된 자들이 돼서 아무도 그들을 기억하지 못하게 되고 완전히 무(無)로 사라져 버리는 거야. 아주아주 드물게 몇 사람만이 이름을 남겨 기억되지만 진정한 증인도 없고 실제 기억도 없어서 인형이 되어버려…….

3. 왜 진실을 말해야 하는가?

쿤데라가 농담을 발견했을 법한 역사적 아이러니가 있다. 칸트와 더불어 서양철학사에 거대한 족적을 남긴 철학자인 게오르크 헤겔의 이야기다. 칸트에서 시작하는 독일 관념철학을 집대성한 사람이라고 평가받는 헤겔의 대표작은 《정신현상학》(1807)이다. 마감 시한에 쫓기며 《정신현상학》을 썼지만 써갈수록 애초 생각한 것보다 걷잡을 수 없이 분량이 늘어났다. 길어진 원고에 마침표를 찍을 때쯤 군대를 이끌고 백마를 탄 나폴레옹이 독일 예나에 들어서는 것을 보았다. 헤겔은 나폴레옹을 보고는 프랑스혁명의 이념인 자유·평등·박애를 전파하러 온 '세계영혼(세계이성)'이라고 찬탄을 보냈다. 그러나 착각이었다. 나폴레옹은 단지 정복 전쟁의 수

장이었을 뿐이었고, 나폴레옹 군대는 예나를 쑥대밭으로 만들고 말았다. 그 뒤 출간된 헤겔의 《정신현상학》은 나폴레옹 군대가 독일을 휩쓴 것처럼 독일의 정신세계를 휩쓸었고, 젊은 철학자가 찬탄했던 나폴레옹은 몰락의 길을 걸었다. 그러나 이 역사적 사건에서 마지막 농담은 이것이다. 나폴레옹의 침략이 훗날 작은 나라로 분열돼 있던 독일의 통일을 앞당기는 계기가 되었다는 것.

나폴레옹은 헤겔에게 찬탄의 대상이었지만 당시 독일에겐 재앙이었고, 나폴레옹의 침략은 당시 독일에겐 비극이었지만 나중에 독일 통일의 원인이 되었으니, 독일은 나폴레옹에게 고마워해야 하는 것인가? 어제의 의미는 오늘의 무의미가 되고, 오늘의 무의미는 내일의 의미가 될 수 있다. 어제의 희극은 오늘의 비극이 되고, 내일은 다시 희극이 된다. 그러니 무엇을 진리라고 얘기할 수 있으며, 무엇에 기대어 의미를 확정할 수 있단 말인가? 가차 없이 흐르는 시간은 모든 것을 부식시켜 망각의 늪으로 집어삼킨다.

소련의 지도자 스탈린은 1930년대 공포통치로 자국민 수십만 명을 희생시킨 숙청과 학살의 아이콘이다. 그럼에도 그는 하루에 300쪽에서 500쪽을 읽는 열렬한 독서광이었고, 읽은 책들을 주제에 따라 체계적으로 분류한 애독가였다. 그렇게 살아서 읽고 모은 책만 2만 5천여 권이고, 그중 1만 천여 권은 세계문학의 고전들이다. 어려서부터 스탈린은 줄곧 읽고 밑줄 긋고 주해를 다는 삶을 살아왔고, 혁명과 숙청과 전쟁 같은 중요한 정치적 국면마다 마르크스와 레닌의 저서를 이정표 삼아 책이 주는 교훈에 의지했다. 소련 사회주의의 유토피아적 목적을 달성하는 데 가장 중요한 것은 말의 힘이라 여겼고, 독서가 사람들의 의식과 사상뿐 아니라 인간 본성이 변화하도록 도울 수 있다는 신념을 가졌다. 강철의 독재자 얼굴 뒤엔 '감수성 예민한 지식인'으로서의 면모가 숨겨져 있었던 것이다. 열성적인 문학 독자로서 스탈린은 "문학에서 공산주의적 이기를 요구하는 것, 이는 불가능하다."라는 말을 남기기도 했고, 셰익스피어와 세르반테스와 톨스토이를 위대한 예술가로 높이 평가하며 작가의 세계관을 그의 예술 작품과 혼동해서는 안 된다고 강조하기도 했다.

이상의 내용은 소련 역사 전문가이자 스탈린 전문가인 제프리 로버츠의 책《스탈린의 서재》(2024)에 나온다. 책에서 제프리 로버츠는 "스탈린은 사이코패스가 아니라 정서적으로 이해력이 뛰어나고 감수성이 예민한 지식인이었다. 스탈린이 수십 년간 야만적인 통치를 유지할 수 있었던 건 그 자신이 깊이 간직한 신념에 대한 정서적 애착의 힘 덕분"이라고 했다.

농담 같은 대목은 스탈린이 자신의 정적으로 꼭 죽여야만 했던 트로츠키의《테러리즘과 공산주의》를 읽으며 "맞아!", "정확해." 등 수많은 동의의 표시를 남겼다는 것이다. 또《단기강좌 소련사》라는 책을 편집하는 과정에서 연표에 자신의 생일이 들어가 있는 것을 발견하고는 선을 그어 그것을 지우고 옆에다가 "개자식들!"

이라고 쓰기도 했다.

인간사는 온통 아이러니투성이다. 절대악의 화신도 없고 절대선의 화신도 없다. 시간이 흐르면서 의미는 퇴색하고 망각은 마침내 모든 것을 무화시킨다. 영원한 것은 없다. 마치 우주의 냉엄한 하나의 진리가 있다면, 시간은 되돌릴 수 없고 시간이 흐를수록 엔트로피(무질서도)가 증가한다는 사실뿐이다. 사람의 일생과 인간의 역사에 어떤 법칙이나 규칙 같은 것이 있었다면 굳이 신이나 세계 이성을 생각해 내려고 애쓰지 않았을 것이다. 신이나 세계 이성을 만들어놓고 어긋나는 현실에 고민하지도 않았을 것이고, 어떻게든 끼워 맞추려고 그것에 매달리지도 않았을 것이다. 신과 세계 이성, 역사 법칙은 발견이 아니라 인류의 발명이었다. 인생과 역사의 우연성과 불규칙성과 무상성(無常性)을 기꺼이 인정할 수 없었던 속 좁은 인간들의 안달이 만들어낸 결과였다. 그러면서도 막강한 힘을 가졌지만 허술한 인간처럼 나약하고 유혹에 빠지며 변덕스러운 그리스·로마 신화의 신들이 여전히 사랑받는 이유는 무엇인가? 질서를 강요하는 메마른 신, 예외를 두지 않는 절대불변의 역사 법칙을 달가워하지 않는다는 것은 인간의 아이러니이고, 이 역시 농담이 아닐 수 없다.

무한의 무질서와 무한의 무의미 속에서 유한의 질서와 유한의 의미는 전적으로 한순간이고 전적으로 우연에 불과하다. 그런 이유로 순간의 질서와 의미는 행운이다. 거대한 우주적 규모의 무질서와 무의미 속에서 한순간의 질서와 의미를 누린다는 것은 엄청난 행운 아니겠는가. 이 행운을 누리는 우리의 자세는 어떠해야 할까? 순간의 질서를 또 다른 순간의 질서로 대체하여 질서를 연장해야 할까? 그것이 가능하다고 할지라도 그런 연장이 어떤 의미가 있을까?

무의미한 세상을 진지하게 생각하는 것은 미친 짓이고 미치지 않기 위해서는 무의미한 세상에 가벼운 농담과 웃음으로 맞설 수밖에 없다. 쿤데라는 거창한 의미에 무게를 둘 것이 아니라 일상의 소소한 것들에 주목하라고 말한다. 질서가 영원할 것처럼 여기는 것도, 새로운 질서를 세울 수 있다는 희망을 품는 것도 모두 착각이고, 행여 착각은 아닐지라도 쓸데없다고 말한다. 아니 쓸데없기만 한 게 아니라 해롭기까지 하다. 그런 착각과 희망은 자기만 파멸로 이끄는 게 아니라 많은 사람을 파멸로 이끌기 때문이다. 쿤데라가 진리와 의미를 진지하게 고집하는 사람에게 항변하는 이유이다.

4. 유일한 마지막 미덕, 우정

그럼에도 인생이 무의미하다는 것을 받아들인 사람에게 때때로 찾아올 고독과 신이나 역사 법칙을 믿지 않는 자에게 찾아올 허무는 어떻게 한단 말인가? 《무의미의 축제》 속 서술자는 이렇게 답한다. "신앙이 없는 내 사전에 단 하나 성스러운 단어가 있으니 그것은 우정이다." 《무의미의 축제》의 주인공들인 알랭, 라몽, 샤를, 칼리방이 나이와 국적을 초월한 친구로 등장하는 까닭도 쿤데라가 인간이 나눌 수 있는 최고의 관계로 친구 간의 우정을 들기 때문이다.

친구 사이의 우정이란 피 한 방울 섞이지 않은 남남끼리 맺을 수 있는 최고의 관계가 틀림없다. 부부 역시 남남인 것은 같지만 자식이 생기면서 자식을 매개로 공동의 이해관계를 형성한다. 자식은 부모의 유전자를 각각 반반씩 공유하기 때문에 자식을 매개로 한 가족 간의 사랑은 본능에 가깝지 우정이라 보기 힘들다. 자식을 낳지 않았으면서도 오래 함께 사는 부부는 그래서 오랜 우정을 나누는 친구와 같다. 자식이 없는 쿤데라와 그의 아내 베라가 그러했다고 나는 생각한다. 온통 남녀 간의 낭만적 사랑과 배타적인 가족주의에 매몰된 지금 시대에선 가깝게 오래 사귄 사람, 즉 친구와 그 관계를 설명하는 우정은 사라져 버린 고리타분한 개념일지 모르겠다.

조선 후기 실학자 박지원의 〈예덕선생전〉을 보면, 마을 안의 똥을 치는 일로 생업을 삼는 사람을 벗이라 부르는 스승이 나오고 그 스승에게 왜 사대부가 아니라 그런 미천한 자를 친구로 두려는지 따져 묻는 제자가 있다.

제자: 예전에 선생님께서는 '벗이란 함께 살지 않는 아내요, 핏줄을 같이하지 않은 형제와 같다.'라고 말씀하셨습니다. 벗이란 이같이 소중한 것인 줄 알았습니다. 그런데 저 엄 행수라는 자는 마을에서 가장 비천한 막일꾼으로서 남들이 치욕으로 여기는 일을 하고 있는 사람인데, 선생님께서는 자주 그의 덕을 칭송하여 '선생'이라 부르는 동시에 그와 교분을 맺고 벗을 삼으니 제자로서 심히 부끄럽습니다.

스승: 무릇 시장(市場)에서는 이해관계로 사람을 사귀고 면전에서는 아첨으로 사람을 사귀지. 따라서 아무리 친한 사이라도 세 번 도움을 요청하면 누구나 멀어지게 되고, 아무리 묵은 원한이 있다 하더라도 세 번 도와주면 누구나 친하게 되기 마련이다. 그러므로 이해관계로 사귀게 되면 지속되기 어렵고 아첨으로 사귀어도 오래갈 수 없는 것이다. 훌륭한 사귐은 꼭 얼굴을 마주해야 할 필요가 없으며 훌륭한 벗은 꼭 가까이 두고 지낼 필요가 없다. 다만 마음으로 사귀어야 덕과 의리가 통하는 벗을 만나게 되는 것이니, 이것이 바로 도의(道義)로 사귀는 것이니라. 위로 천고(千古)의 옛사람과 벗해도 먼 것이 아니요, 만 리나 떨어져 있는 사람과 사귀어도 먼 것이 아니란다.

스승의 말에는 진정한 우정이 무엇인지에 대한 가르침이 있다. 지금 여기의 이해관계가 아니라 시공을 초월해 덕과 의리로 맺어진 관계가 벗이다. 게다가 제자에게 똥 치는 늙은이가 왜 훌륭한 벗인지 설명하는 부분은 소소하고 하찮고 보잘것없고 의미 없는 것들을 옹호하는 쿤데라의 주제 의식과도 일맥상통한다.

스승: 그는 밥을 먹을 때는 끼니마다 착실히 먹고, 길을 걸을 때는 조심스레 걷고, 졸음이 오면 쿨쿨 자고, 웃을 때는 껄껄 웃고, 그냥 가만히 있을 때는 마치 바보처럼 보이지. (중략) 그는 손바닥에 침을 발라 삽을 잡고는 새가 모이를 쪼아 먹듯 구부정하게 허리를 굽혀 일에만 열중할 뿐, 아무리 화려한 미관이라도 마음에 끌리는 법이 없고 아무리 좋은 풍악이라도 관심을 두는 법이 없다. 부귀란 사람이라면 누구나 원하는 것이지만 바란다고 해서 얻을 수 있는 것이 아니기에 부러워하지 않는 것이지. 따라서 그를 예찬한다고 해서 그는 영광스럽게 여기지 않을 것이며, 헐뜯는다 해서 욕되게 여기지도 않을 것이다. (중략) 그는 아침에 밥 한 사발이면 흡족해하고 저녁이 되어서야 다시 한 사발을 먹을 뿐이지. 남들이 고기를 먹으라고 권했더니, 목구멍에 넘어가면 푸성귀나 고기나 배를 채우기는 마찬가지인데 맛을 따져 무엇 하겠느냐고 대꾸하고, 반반한 옷이나 좀 입으라고 권했더니, 넓은 소매를 입으면 몸에 익숙하지 않고 새 옷을 입으면 더러운 흙을 짊어질 수 없다고 하더구나. (중략) 엄 행수는 지저분한 똥을 날라다 주고 먹고살고 있으니 지극히 불결하다 할 수 있겠지만, 그가 먹고사는 방법은 지극히 향기로우며 그가 처

> 한 곳은 지극히 지저분하지만 의리를 지키는 점은 지극히 높다 할 것이다.

쿤데라는 체코슬로바키아의 스탈린주의식 재판에서, 서로 내밀한 것까지 잘 알고 있을 뿐 아니라 어려운 시기도 함께 보낸 동료를 냉정하게 사형 집행장으로 보냈던 정치가들을 경험하고 충격을 받았다. 그런 쿤데라가 정치를 위해 우정을 희생하는 것보다 더 어리석은 것은 없다고 생각하는 것은 매우 자연스러워 보인다. 자신의 에세이집 《만남》에서 쿤데라는 자신이 정말 좋아하는 사진 한 장을 소개한다. 사진은 무척 단순한 구도의 흑백사진이다. 어느 오솔길에 베레모를 쓴 두 남자의 뒷모습이 보인다. 한 사람은 건장하고 키가 큰데, 다른 한 사람은 작달막하고 모자 밑으로 보이는 뒷머리가 희다.

두 사람은 앞을 보며 같은 속도로 걷고 있다. 키가 큰 사람은 태동하던 나치즘에 대해 호의를 보였다는 이유로 비난을 받았던 독일의 철학자 하이데거(1889-1976)이고, 작은 사람은 독일 점령에 반대한 레지스탕스 활동으로 유명한 프랑스 시인 르네 샤르(1907-1988)이다. 두 사람은 제2차 세계대전 때문에 서로에게 적대적인 관계로 남을 수도 있었지만 우정을 정치에 희생하지 않은 덕분에 말년에 이런 사진을 남길 수 있었다. 쿤데라는 이 사진에 다음과 같은 말을 덧붙였다.

어떤 확신에 대해 변함없이 가지는 유치한 사랑과 반대로, 한 사람의 동료에 대한 변함없는 사랑은 하나의 미덕이며, 아마도 유일한 마지막 미덕일 것이다.

《무의미의 축제》는 쿤데라가 2000년대 이후 쓴 마지막 작품이다. 누군가는 '명작'이라고 칭찬하고 누군가는 '노년의 비좁은 작품'이라 혹평하여 평가가 갈렸지만 유럽에서는 매우 인기가 높았던 작품이다.

자크와 그의 주인

Jacques Et Son Maitre, 1971

1. 돌고 도는 회전목마 같은 사랑

밀란 쿤데라의 희곡《자크와 그의 주인》은 로드 무비나 버디 무비처럼 여행의 틀에 담겨 있다. 하인과 주인이 여행 중에 나눈 자신들의 사랑 이야기와 그 이야기 틈틈이 끼어드는 다른 이야기들과 우연한 사건들이 반복되고 변주되는 구조를 이룬다.

로드 무비란 주인공이 여행하는 중에 일어나는 사건이나 에피소드를 다룬 영화 장르이다. 로드 무비에서 중요한 건 결과가 아니라 다양한 사람을 만나고 여러 사건을 겪게 되는 과정이다. 이 과정에서 주인공은 정신적으로 성장하고 존재가 탈바꿈하는 변화를 겪는다. 그래서 최후에 도착한 곳이 애초 자신이 떠나온 고향일지라도 그곳은 새로운 장소가 된다.《자크와 그의 주인》은 로드 무비처럼 주인공들이 여행 중에 여러 사람과 사건을 만나는 것은 맞지만, 그렇다고 주인공들의 변화나 성장은 딱히 보이지 않는다. 막이 내리면서 이야기가 완결된다기보다 끊임없이 돌고 돌며 이어지는 이야기 중 일부인 것만 같다.

버디(buddy)는 친구를 뜻하고, 버디 영화란 두 명의 단짝 주인공이 콤비로 활약하며 그들의 우정이 잘 드러나는 영화이다. 주인과 자크는 귀족과 하인이라는 신분상의 차이는 있지만, 적대적이지 않을 뿐만 아니라 서로가 서로에게 필요한 친구 같은 관계이다. 나아가 자크가 오히려 주인을 이끌기도 한다.

자크와 주인이 무대에 등장한다. 길을 가는 중이다. 관객들이 자신들을 쳐다보지만 무시하기로 한다. 주인은 '슬픈 책무'라는 말로 여행의 목적을 암시하지만 급해 보이지 않고, 하인인 자크는 그저 주인을 따를 뿐이다. 여행이 무료해서일까, 주인은 자크에게 사랑 이야기를 해보라고 한다. 그렇게 길을 가면서 세 편의 사랑 이야기가 소개된다.

① 자크의 사랑 이야기

자크의 사랑 이야기가 맨 처음 나오지만, 이야기의 전말을 다 알려면 연극이 끝날 때까지 기다려야 한다. 주인이나 다른 인물들이 끊임없이 그의 이야기에 끼어들기 때문이다. 자주 중단되고 다시 처음부터 시작했다가 또 끊기고 하는 과정을 반복하다 보니, 막이 내릴 때쯤에야 자크의 사랑 이야기도 끝이 난다.

자크와 비그르는 친구 사이이다. 비그르에겐 자크의 대부(종교상의 후견인)이기도 한, 농부들에게 수레를 만들어주는 아버지가 있다. 비그르의 아버지는 비그르를 못마땅하게 여긴다. 아버지가 잠들면 몰래 작업장 위 다락방으로 쥐스틴을 불러 밤을 지새우는 난봉꾼이기 때문이다.

어느 날, 비그르와 쥐스틴이 늦게 일어난다. 아버지가 이미 작업장에 와 있어 쥐스틴은 오도 가도 못하는 상황이 벌어진다. 혼자 다락방에서 내려온 비그르는 아버지의 심부름을 마치자마자 자크에게 도움을 청하러 간다. 자크는 작업장에 가서 대부에게 '어제 밤새워 노느라 피곤한데, 지금 집에 들어가면 혼날 것 같아 비그르의 다락방에 자러 왔다'고 말한다. 다락방에 올라간 자크는 쥐스틴과 동침하고 비그르에겐 비밀로 하기로 서로 약속한다. 비그르는 처음에는 화를 내고 의심하다가 쥐스틴이 자신의 결백을 주장하자 이를 믿고 자크와의 우정을 회복한다.

뜻하지 않게 쥐스틴과 동침하게 되었지만, 그럼에도 친구와의 우정을 잃지 않은 자크는 행복에 겨워 술에 취했다가 아버지에게 두들겨 맞고 마침 지나가던 군대에 입대한다. 전투가 벌어져 무릎에 총알을 맞고 병원으로 실려 가는데, 수레가 너무 덜컹거려 아픔을 참을 수 없었다. 결국 자크는 한 마을에서 내려버리는데, 어느 허름한 집에 사는 젊은 부인이 그런 자크를 측은하게 여겨 간호를 해준다. 그러다 자크를 치료하던 외과 의사가 자기 집으로 자크를 데려갔는데, 상처가 거의 다 나아갈 무렵 바깥나들이를 하게 된다.

그때 자크는 젊고 예쁜 드니즈를 만나 사랑에 빠진다.

주인은 자크의 사랑 이야기를 끝까지 듣지 못하고 자크가 드니즈를 처음 만나는 부분까지만 듣는다. 급박한 사정이 생겨버린 것이다. 몇 번이고 반복된 처음 부분을 넘어, 마침내 자크가 사랑한 여자를 만나는 순간까지 듣게 된 주인은 슬그머니 무대에 등장한 생투앙을 발견한다. 생투앙은 주인의 사랑 이야기 속에서 주인을 농락한 비열한 인물이다. 참을 수 없었던 주인은 생투앙과 결투를 벌인 끝에 그를 칼로 찔러 죽였는데, 어이없게도 시체를 살피던 자크가 살인자로 몰린다. 자크는 재판에서 교수형을 선고받고 목이 매달릴 지경에 이른다. 자크는 주인이 없는 상황에서 혼잣말로 자신의 사랑 이야기를 끝까지 들려준다.

그렇다면 자크가 죽는 것으로 극이 끝날까? 그렇지 않다. 밀란 쿤데라는 비극과 거리가 먼 작가이다. 자크의 목이 매달리려는 순간 그의 구원자가 나타난다. 바로 비그르이다. 비그르는 자크가 입대하고 나서 쥐스틴이 임신한 사실을 알고는 그녀와 결혼하여 아들을 낳는다. 비그르는 자크와의 우정을 기리기 위해 아들 이름을 '자크'라고 짓기까지 했다. 어쨌든 비그르 덕분에 다시 살아난 자크는 주인과 재회하여 다시 길을 떠난다.

② 주인의 사랑 이야기

자크의 사랑 이야기는 주인의 사랑 이야기를 촉발한다. 주인의 사랑 이야기를 따라가다 보면 두 이야기가 우스꽝스러울 정도로 닮았다는 것을 알게 된다. 자크의 사랑 이야기에서는 자크가 친구 비그르를 속이는 반면, 주인의 사랑 이야기에서는 주인이 친구의 비열한 속임수에 당하는 바보로 나온다.

주인은 여행 도중에 잠깐 들러야 할 곳이 있다. 그것은 '슬픈 책무'를 다하기 위함이다. 슬픈 책무란, 자신이 시골에 맡겨둔 아들을 위해 마지막 양육비를 지불하고 곧 열 살이 될 코흘리개 아들을 도제 수업에 넣는 것이다. 무슨 사연일까?

주인과 생투앙은 친구 사이다. 주인은 생투앙의 소개로 아카트를 만나 시간과 재산을 허비한다. 어느 날, 생투앙은 주인을 찾아와 자신은 친구를 배신한 비열한 인간이라고 실토하며 아카트가 주인이 아니라 자신을 좋아하고 있다고 말한다. 마음은 아프지만 친구의 솔직함에 감동받은 주인은 둘 다 못된 여자에게 희생당한 것이라며 생투앙을 용서한다.

그러자 생투앙은 비천한 아카트가 주인과 자신을 모욕했으니 복수를 하겠다며 자신의 계획을 말한다. 주인과 생투앙은 키가 똑같아 어둠 속에서는 혼동할 게 분명하니, 자신이 가지고 있는 아카트의 침실 열쇠로 주인이 몰래 들어가 그녀와 자고 있으면 아침에 자신이 현장을 덮쳐 그녀를 조롱거리로 만들겠다는 것이었다. 주인은 생투앙의 계획이 탁월하며 유쾌한 복수라고 맞장구치고는 생투앙의 말대로 한다.

그러나 다음 날 아침 침실에 나타난 것은 생투앙이 아니라 동네 경찰서장이었고, 주인은 숙녀를 능욕한 죄로 고발당해 동네 사람들에게 웃음거리가 된다. 게다가 아카트가 주인의 아이를 임신했다고 속여, 주인은 출산 비용은 물론 양육비와 교육비까지 책임지게 되었다. 주인의 아들이라고 하는 그 아이는 커갈수록 역겨울 정도로 생투앙의 얼굴을 닮아간다. 그러나 순진한 주인은 이 사실을 의심하지 않는다.

자크와 주인의 사랑 이야기는 놀라울 정도로 닮았다. 자크와 생투앙은 속임수로 순진한 친구를 속이고 친구의 여자를 홀린다. 또 약삭빠르게 위기를 모면하고 친구와의 우정도 유지한다. 반면, 비그르와 주인은 바보처럼 끝까지 진실을 알아채지 못한다. 반복되는 사랑 이야기에서 자크 역을 생투앙이 이어받고 비그르 역은 주인이 물려받은 셈이다. 재미있는 것은 작품에서 사기꾼 자크가 자신과 닮은꼴인 생투앙에 맞서 주인을 두둔한다는 사실이다.

생투앙 네 주인은 멍청이여서 멍청이 같은 운명을 살아 마땅해.

자크 어떤 면에서 우리 나리는 우둔한지도 모릅니다. 그렇지만 그 우둔함에서 저는 사랑스러운 지혜를 보았어요. 똑똑한 당신한테서는 아무리 찾아봐도 발견하지 못할 지혜죠.

생투앙 넌 하인 주제에 주인을 사랑하는구나! 네 주인의 이 모험이 어떻게 끝날지 똑똑히 보거라!

자크 나리께서 지금은 행복해하시니 저도 기쁘네요!

생투앙 이 행복한 순간에 대한 대가를 네 나리는 톡톡히 치르게 될 것이다!

자크 이 행복이 너무 커서 당신이 나리에게 마련해 둔 온갖 불행의 무게가 더 무겁지 않다면 어쩌겠습니까?

주인의 이야기를 듣고 난 자크가 생투앙의 비열한 수작을 알려주고서야 자신이 속았음을 깨달은 주인은 결국 생투앙과의 결투에서 그의 목숨을 빼앗는다. 그런데 자기 대신 자크가 잡혀가자 주인은 탄식하며 말한다. "우리는 어디로 가는지 몰라. 난 내 사생아를 다시 보러 간다고 생각했지. 그런데 내 소중한 자크를 영원히 잃으러 가는 길이었어."라고.

③ 포므레 부인의 사랑 이야기

자크와 그의 주인은 길을 가다 그랑세르 여인숙에 머물게 된다. 이 여인숙에는 누구도 따라올 수 없는 입담으로 유명한 여주인이 있었다. 여주인은 그들이 식사를 마치자 쉽게 사랑에 빠지는 오입쟁이들이 어떻게 벌을 받게 되는지를 가르쳐줄, 아르시 후작과 포므레 부인의 사랑 이야기를 들려준다.

아르시 후작은 호감 가는 사내이지만 타고난 바람둥이에 여자를 존중할 줄 모르는 인물이다. 반면, 그의 애인 포므레 부인은 품행이 단정하고 고고한 기품을 지녔으며 재산이 많고 혈통까지 좋은 과부이다. 사귄 지 몇 년이 지나자 아르시 후작은 권태로워지고 부인에게 흥미를 잃는다. 자존심이 강한 포므레 부인은 여전히 아르시 후작을 사랑했지만, 자신의 마음이 변해 이젠 예전 같은 설렘이 없어졌다고 먼저 말한다. 이에 후작은 기뻐하며 서로 좋은 친구로 남자고 한다.

속으로 무척 화가 난 부인은 복수할 계획을 꾸민다. 소송에서 지는 바람에 파산해 지금은 도박장을 운영하는 어느 모녀를 불러 이른바 신분 세탁을 해준다. 아파트에다 소박한 가구들을 사준 뒤, 성당 미사 때만 외출하고 성당의 도움으로 살아가는 검소하고 성스러운 모녀로 탈바꿈시킨다. 그러고는 우연을 가장해 아르시 후작과 모녀의 만남을 주선하고 후작이 그 딸의 매력에 빠져들도록 만든다.

후작은 모녀의 집에 보석을 보내고 재산의 절반을 주겠다고 하지만, 모녀는 포므레 부인의 지시에 따라 모두 거절한다. 그럼에도 아르시 후작은 딸과 결혼을 결심하고, 포므레 부인에게 자신의 뜻을 전달해 달라고 부탁한다. 아르시 후작이 딸과 결혼하자 포므레 부인은 그 모녀의 비밀을 폭로한다. 사실을 안 후작은 분노하며 매달리는 신부를 발길질로 밀쳐버린다.

앞서 소개한 자크와 주인의 사랑 이야기와는 다른 듯하지만, 여전히 속이는 자와 속는 자가 등장한다. 이 이야기를 듣고 난 주인은 어렴풋이 이렇게 깨닫는다. '결국 포므레 부인은 생투앙의 모사품에 지나지 않는다. 비그르는 잘 속아 넘어가는 후작과 비슷한 인간이고 나와도 다르지 않다. 그리하여 세 사람의 사랑 이야기는 결국 동일한 이야기의 반복일 뿐이다.' 그러나 이때 자크가 나서서 포므레 부인 이야기의 결말을 반전시킨다. 아래 대화에서 자크는 아르시 후작 역을, 여인숙 여주인은 포므레 부인 역을 맡아 연기한다.

딸 (엎드린 채 그의 다리를 붙잡고서) 당신 뜻대로 저를 처분하세요. 무엇이건 달게 받겠어요.

자크 (감동한 목소리로 진지하게) 일어나라고 하지 않소……. (딸은 감히 일어나지 못한다) 수많은 정숙한 여자들이 추잡한 여자로 변했소. 왜 한 번쯤은 그 반대의 일이 일어나지 못하겠소? (다정하게) 방탕한 생활이 당신을 살짝 스쳤을 뿐이라고 난 믿소. 절대로 당신에게 타격을 입히지 않았다고 말이오. 일어나시오. 내 말 알아듣겠소? 내가 당신을 용서했단 말이오. 가장 수치스러운 순간에도 나는 당신을 내 아내로 보는 걸 포기하지 않았소. 정숙하고 충절을 지키고 행복하시오. 그리고 나도 행복하게 해주시오. 나는 당신에게 다른 건 아무것도 요구하지 않소. 일어나시오, 부인! 후작 부인, 일어나시오! 일어나, 아르시 부인!

여인숙 여주인 (무대 반대편에서 소리치며) 후작, 그 여자는 창녀란 말이에요!

자크 입 다무시오, 포므레 부인! (딸에게) 난 당신을 용서했고, 내가 조금도 후회하지 않는다는 걸 당신이 알았으면 하오. 저 여자는 (여인숙 여주인을 가리키며) 복수를 한 게 아니라 내게 큰 호의를 베풀어 주었소. 당신이 저 여자보다 훨씬 젊고, 훨씬 아름답고, 그리고 백배나 더 헌신적이지 않소? 우리 함께 시골로 떠나 멋진 세월을 보냅시다.

이런 식으로 자크는 포므레 부인의 복수가 실패로 돌아가고 속임을 당한 아르시 후작이 행복한 결말을 맞이하는 것으로 이야기를 바꾼다. 그러면서 이 작품의 주제와도 같은 말을 덧붙인다.

이 세상에 확실한 건 아무것도 없고, 모든 것은 바람이 불듯 방향이 바뀌는 법이지. 그리고 바람은 쉬지 않고 부는데, 당신은 그걸 알지 못하는 거요. 바람이 불면 행복은 불행으로 바뀌고, 복수는 보답으로 바뀌지. 그리고 가벼운 여자는 누구와도 비교할 수 없을 만큼 정숙한 여자가 되고…….

자크와 주인과 여인숙 여주인이 들려준 사랑 이야기는 연속적으로 이어지는 것이 아니라 이야기들이 서로 간섭하고 섞인다. 등장인물들은 끊임없이 서로를 방해하거나 진행 중인 사건에 대한 실시간 해석을 곁들인다. 때로는 영리한 무대 디자인 덕분에 과거의 대화와 현재의 대화가 동시에 진행되기도 하고, 또 한 인물이 동시에 다른 인물이 되기도 한다. 자칫 방심하며 읽다간 맥락을 놓치고 이야기가 혼선을 빚을 수도 있다. 그래도 괜찮다. 어차피 동일한 주제를 가진 이야기들의 변주이니까. 말하자면, 독자들은 같은 이야기를 여러 번 듣고 있는 셈이다.

2. 반복과 변주

① 디드로에게 바치는 오마주

《자크와 그의 주인》에는 '드니 디드로에게 바치는 3막짜리 오마주'라는 부제가 붙어 있다. 오마주(hommage)는 '감사, 경의, 존경'을 뜻하는 프랑스 말이다. 그러니까 부제는 쿤데라가 드니 디드로에게 경의와 감사를 표한다는 뜻이다. 이 작품이 디드로의 소설 《운명론자 자크와 그의 주인》을 바탕으로 했기 때문이다.

그렇다면 드니 디드로(1713-1784)는 누구일까? 그는 18세기 프랑스의 계몽주의 철학자로, 프랑스 대혁명 직전에 살았던 인물이다. '만물의 실체는 물질'이라는 유물론에 근거해 무신론을 주장했고, 이를 바탕으로 교회의 비이성적인 행동을 비판했다. 그의 대표적인 업적은 과학과 기술 및 예술에 관한 체계적인 지식을 정리한 《백과전서》를 만든 것이다. 20년간 계몽주의 철학자들이 함께 저

술한 《백과전서》는 프랑스 사회에 새로운 지식을 보급하는 데 결정적 역할을 했을 뿐만 아니라 지식인들이 프랑스 대혁명에 앞장서는 데 이론적 토대를 제공했다. 문학에도 뛰어나 소설과 희곡을 집필하기도 했으며, 수십 년간 미술 평론을 쓰기도 했다.

쿤데라는 특히 디드로의 소설 《운명론자 자크와 그의 주인》에 주목했다. 쿤데라는 이 소설을 두고 "소설 역사상 가장 위대한 작품 중 하나로, 다시 쓰는 것이 전적으로 불가능한 소설 두 편 중 하나"• 라고 했다. 또 "디드로의 에세이를 알지 못해도 철학사를 이해할 수 있지만 《운명론자 자크와 그의 주인》이 빠진 소설의 역사는 불완전하고 이해될 수 없다."라고까지 말했다. 미국 작가인 필립 로스와의 대화에서도 디드로에 대한 쿤데라의 오마주가 드러난다.

> 나는 프랑스 문화를 좋아하고 그것에 큰 빚을 지고 있는 셈입니다. 특히 고대문학에요. 라블레는 가장 친근한 작가 가운데 하나지요. 그리고 디드로, 나는 로렌스 스턴을 사랑하는 만큼 디드로의 《운명론자 자크와 그의 주인》을 사랑합니다. 그들은 소설 형식에 있어서 가장 위대한 실험가들입니다. 말하자면 그들의 실험은 즐길 만하고 행복과 기쁨이 넘치지요. (중략) 스턴과 디드로는 소설을 '위대한 게임'으로 이해했지요. 그들은 소설 형식의 '유머'를 발견했습니다.

• 나머지 하나는 로렌스 스턴의 《트리스트럼 섄디》이다. 쿤데라는 스턴에 대해, 소설의 무한한 유희적 가능성을 발견했고 그것으로 소설의 진화에 새로운 길을 열었다고 평가했다.

쿤데라가 "이보다 더 매혹적이고 도발적인 소설의 시작을 알지 못한다."라고 했던 디드로의 소설은 이렇게 시작한다.

> 그들은 어떻게 만났는가? 모든 사람들처럼 어쩌다 우연히. 그들의 이름은 무엇인가? 그게 당신과 무슨 상관인가? 그들은 어디서 오고 있었는가? 가장 가까운 곳에서. 그들은 어디로 가고 있었는가? 사람들은 자기가 가는 곳을 안단 말인가? 그들은 무슨 말을 하고 있었는가? 주인은 아무 말도 하지 않았고, 자크는 그의 전 주인인 대위가 "여기 우리에게 일어나는 모든 좋고 나쁜 일은 저기 높은 곳에 씌어 있다."라고 말했다고 했다.
>
> **주인** 그 말은 아주 거창하구나.
> **자크** 또 대위님께서는 총알의 방향은 이미 정해졌다고 말씀하셨죠.
> **주인** 그의 말이 옳아…….

디드로의 소설 앞부분은 그 이전 소설의 역사에서는 한 번도 본 적 없는 '배경 없는 무대'를 창조했다. 소설의 주인공인 주인과 자크의 나이도 생김새도 나오지 않는다. 심지어 주인은 이름도 없다. 그들이 서 있고 이동하는 구체적인 장소와 시간, 시대의 풍속 같은 것도 드러나지 않는다. 디드로는 무한한 장소와 시간, 무한히 이어지는 인류의 흐름 속에서, 구체적인 시공간과 개별적인 인물의 특징 같은 것은 중요하게 여기지 않았다. 소설의 진짜 주인공은 큰 소리로 떠들어대는 거대한 이야기 그 자체이며, 등장인물들은 그 이야기를 전달하기 위한 도구일 뿐이다.

쿤데라는 디드로의 소설을 처음 읽었을 때, 일화와 성찰이 나란히 펼쳐지는 것, 규칙을 벗어나는 무질서와 즉흥성과 자유에 매료되었다고 했다. 이렇듯 《운명론자 자크와 그의 주인》에 대한 존경과 애정이 넘쳤기에 쿤데라는 이 소설을 3막의 희곡으로 변주하고 싶었던 것이다. 그러나 쿤데라는 디드로에 대한 오마주인 자신의 작품이 단순히 디드로의 소설을 각색하거나 다시 쓴 것이 아님을 분명히 했다.

주인 이런 어처구니없는 일이 있느냐! 프랑스 귀족이 걸어서 나라를 돌아다닌단 말이냐! 너는 우리를 다시 쓴 작자를 아느냐?

자크 웬 바보입니다, 나리. 그렇지만 이제 우리가 다시 씌었으니 우리도 어쩔 도리가 없습니다.

주인 이미 씌어 있는 것을 감히 다시 쓰는 자는 모조리 꺼져버릴지다! 꼬챙이에 꿰어져 불태워져 버릴지다! 거세당하고 귀가 잘려버릴지다! 난 발이 아프구나.

자크 나리, 사람들은 우리 이야기 말고도 많은 것들을 다시 썼습니다. 이 아래 세상에서 일어난 모든 것은 이미 수백 번 다시 씌었고,

실제로 일어난 것을 확인할 생각은 누구도 하지 않았습니다. 인간들의 이야기가 너무 자주 쓰이는 바람에 사람들은 자신이 누구인지 더는 알지 못합니다.

다시 쓰기에 대한 이러한 태도는 디드로의 소설에는 발견할 수 없는 쿤데라만의 독특한 생각이다. 그렇다면 쿤데라의 희곡은 디드로 소설의 다시 쓰기가 아니란 말인가? 그렇다. 자신의 작품은 디드로에 대한 자신만의 유희적 편곡이자 원본에서 영감을 얻은 변주라고 쿤데라는 강조한다. 자신의 작품은 디드로에게 바친 경의이자 세기를 뛰어넘어 옛 작품과 소통하는 하나의 방식이라고 말이다. 아래는 평론가 프랑수아 라카르그가 《자크와 그의 주인》에 대해 했던 말이다. 이 말은 "모든 작가는 자신의 선구자들을 창조한다."라는 보르헤스의 말을 떠올리게 한다. 새로운 예술은 이전 선구자들의 모방이면서 동시에 발전이다.

《자크와 그의 주인》은 결코 해설도 아니고, '각색'이나 '다시 쓰기'도 아니며, 연구 또한 아니다. 이 작품은 진정한 의미에서 하나의 창작물이다. (중략) 쿤데라가 선배의 작품에 대해 털어놓은 고백이란, 곧 동조이며 존경이고 타인을 모범으로 삼으면서 자기 자신을 지키고, 타인의 특징들을 환기하는 가운데 자기 자신의 얼굴을 발견하고 감탄하며 창조하는 마음가짐이다.

디드로의 소설과 쿤데라의 희곡은 닮았지만 닮지 않았다. 쿤데라의 희곡에는 디드로의 무엇이 남고, 쿤데라만의 무엇이 담겼을까? 주인과 하인의 여행이라는 로드 무비 같은 설정은 그대로이다. 또 주인에 대한 하인의 우위도 유지된다. 그러고 보니 고향을 떠나 여행을 하며 온갖 해프닝을 겪는 돈키호테와 배불뚝이 산초 이야기와도 비슷한 설정이다. 자크와 주인, 포므레 부인의 사랑 이야기가 마치 콘서트처럼 뒤섞이며 진행되는 것도 남는다.

다만 디드로의 소설은 소설이기에 이야기를 전달하는 화자가 있지만 쿤데라의 희곡에는 화자가 따로 없다. 디드로는 자기 자신이 1인칭 화자로 소설 속에 직접 등장하여 이야기에 개입하고 참견하는가 하면, 사건이나 인물에 대해 빈정거리기도 하고, 제 마음대로 주인공들을 조정하기까지 한다. 반면, 희곡은 인물의 말과 행동을 통해서만 이야기를 전달해야 하기 때문에 창작자의 고민이 깊어진다. 쿤데라는 인물 간의 대화를 긴밀하고 절묘하게 배치하는 것으로 디드로 소설에서의 화자를 대신한다.

쿤데라 작품의 무대 설정은 디드로 소설을 창조적으로 변형한 좋은 사례이다. 디드로 소설의 두 주인공, 자크와 주인은 시작도 끝도 없는 시간 속에 있으며, 아무런 경계(배경, 과거)도 없는 길 위에 서 있다. 디드로는 주인공의 과거를 묘사하는 데 별 관심이 없다. 그런 인물은 역사 속에서 얼마든지 발견할 수 있기에 개인의 독특한 이력 따윈 중요하지 않다. 거추장스러운 배경이나 과거가 아니라 지금 여기에 존재하는 것이 중요하다. 이것을 구현하기 위해 쿤데라는 어떤 장식도 없는 텅 빈 무대를 마련한다. 배우들의 의상 역시 역사적 특성이 드러나지 않고, 전체 공연 동안 무대는 조금도 변하지 않는다. 쿤데라는 일부러 배역의 특성을 묘사하지 않고, 배경을 드러내는 시간과 장소도 제공하지 않으며, 사실적 묘사도 생략한다.

쿤데라가 마련한 무대는 앞쪽은 낮고 뒤쪽은 높은, 차이가 나는 두 단으로 되어 있을 뿐이다. 무대 앞쪽 낮은 단에서는 현재의 행위들이 벌어지고, 뒤쪽 높은 단에서는 과거의 일화가 표현된다. 아래쪽 단에서는 현재의 자크이지만 위쪽 단으로 자리를 옮기면 젊은 시절의 자크가 되기도 하고, 또 여인숙 여주인이 해주는 이야기 속 귀족이 되기도 하는 식이다. 시시때때로 참견하는 화자, 인물들 상호간의 간섭과 개입 때문에 빚어지는 디드로 소설의 다층적 구조를 쿤데라는 앞뒤 쪽 높낮이가 다른 단으로 대신한 것이다. 두 단은 단절된 경계가 아니라 과거의 일화와 현재의 경험이 서로 소통하고 개입하고 대화하는 장치다.

이처럼 간결한 무대는 1960년대 이후 체코슬로바키아에서 유행했던 부조리 연극에서 자주 보인 특징이기도 하다. 부조리극을 대표하는 극작가인 사뮈엘 베케트(1906-1989)의 《고도를 기다리며》(1952) 무대도 휑뎅그렁하기 짝이 없었다. 두 작품은 무대 설정뿐 아니라 인물 설정도 비슷하다. 게다가 계몽주의자 디드로의 작품에 나타나는 희망적인 분위기와는 상반된 쓸쓸하고 황량한 결말의 분위기 또한 공통적이다.

3. 좌절을 견뎌내는 유머와 농담의 향연

쿤데라는 시를 쓰는 것으로 문학을 시작했지만 곧 장르를 바꿔 희곡을 쓴다. 그가 쓴 첫 번째 희곡은 《열쇠의 주인들》(1962)인데, 유럽은 물론 소련과 미국에서도 연극으로 공연될 만큼 성공한 작품이었다. 이 작품에서 쿤데라는 경직된 사회주의에 대한 혐오감을 드러냄으로써 인간다운 사회주의의 가능성을 모색했다.

《자크와 그의 주인》(1971)은 쿤데라의 세 번째이자 마지막 희곡이다. 이 작품은 체코슬로바키아의 '인간의 얼굴을 한 사회주의 운동'이 소련에 의해 좌절된 시기에 쓰였다. 그러니까 쿤데라가 '프라하의 봄'이 좌절된 것을 견디기 위해 쓴 작품인 것이다. 그래서일까, 자신이 선정한 전집에 희곡으로는 유일하게 이 작품이 실렸다.

프랑스에서 1981년에 출간한 《자크와 그의 주인》에 붙은 서문에는 다음과 같은 사연이 담겨 있다. 자신의 책들이 모조리 금서가 되고 생활을 꾸려나가기 힘든 상황에서 한 연극 연출가가 도스토옙스키의 《백치》를 희곡으로 각색해 줄 것을 제안한다. 쿤데라는

《백치》를 다시 읽으며 이 작품이 반(反)이성주의에 깊이 잠겨 있을 뿐 아니라 감정이 진리의 기준이자 행동을 정당화하는 증거처럼 인식되고 있음을 새삼 깨닫는다. 스탈린 시대와 소련의 침공을 통해, '고결한 감정'을 내세워 혐오스럽고 비열한 짓까지 정당화하는 것을 목격한 쿤데라가 아니었던가. 쿤데라는 합리적 생각을 대체한 감정은 무분별과 불관용을 가져올 뿐이라고 생각했다. 그래서 쿤데라는 굶어 죽는 한이 있어도 《백치》를 희곡으로 각색하는 것은 못 하겠다고 여기며 그 제안을 거절한다. 그런 상황에서 반작용으로 그에게 향수를 물씬 불러일으킨 작품이 바로 디드로의 《운명론자 자크와 그의 주인》이었다. 디드로의 작품은 쿤데라에게 웃음과 유머와 농담의 향연이었다.

> 사람들이 자신들의 미래에 대해 품는 생각 속에는 그들이 처한 역사적 현재 상황의 실존적 본질이 담겨 있다. 우리가 1968년 러시아 침략을 비극으로 체험한 것은 박해가 너무 잔인해서가 아니라, 이젠 모든 게 (다시 말해 나라의 본질까지, 그 서양적 특성까지) 영원히 끝장났다고 생각했기 때문이다. 나는 이런 절망 속에 빠진 한 체코슬로바키아 작가가 본능적으로 이렇게 자유롭고, 이렇게 진지하지 않은 디드로의 소설 속에서 위로를, 지지를, 숨 쉴 여유를 찾았다는 사실이 많은 걸 얘기해 준다고 생각한다.
>
> —〈작품의 역사에 관한 작가의 말〉에서

진지하고 비극적인 감성은 웃음을 낳지 못한다. 재미있고 재치 넘치는 이성이야말로 유머와 농담의 원천이다. 쿤데라는 디드로의 책을 자신만의 실험적인 스타일로 변주해 보고 싶은 욕구를 느끼고 자신의 작가적 삶에 대한 작별 인사로 《자크와 그의 주인—드니 디드로에게 바치는 3막짜리 오마주》를 쓰기 시작한다.

이 작품은 본국에서 출판되진 못했지만 여러 언어로 번역되어 출간이 되었다. 그뿐만 아니라 유고슬라비아*에서 처음 연극화되었고 이후 그리스, 서독, 스위스, 프랑스, 오스트레일리아에서도 여러 차례 공연되었다. 1985년 미국에선 문예평론가이자 사회운동가인 수전 손택(1933-2004)이 연출을 맡아 공연되기도 했다. 심지어 이 작품은 프라하뿐 아니라 체코슬로바키아 전국을 순회하며 공연되었는데, 경찰의 감시망을 벗어나기 위해 쿤데라의 친구가 자신의 이름을 이 작품에 빌려주었기 때문에 가능했다. 소련이 점령하던 암울한 시기에 쓰인 《자크와 그의 주인》은 마침내 1990년대 후반에 러시아의 모스크바에서도 공연되기에 이른다. 소련은 해체되어 러시아로 바뀌었고 그 러시아의 심장부인 모스크바에서 쿤데라의 작품이 무대에 올랐으니, 이 또한 '인생 새옹지마'라 할 수 있을 듯하다.

한 가지 더, 디드로와 쿤데라의 작품 내 포므레 부인의 사랑 이

* 현재 몬테네그로, 세르비아, 슬로베니아, 코소보 등으로 분할됨.

야기는 로베르 브레송 감독이 현대적 멜로물로 각색하여 〈볼로뉴 숲의 여인들〉(1945, 프랑스)로 영화화되었다.

세계문학을 읽다 12

밀란 쿤데라를 읽다

1판 1쇄 발행일 2024년 6월 17일

지은이 김지용

발행인 김학원
발행처 (주)휴머니스트출판그룹
출판등록 제313-2007-000007호(2007년 1월 5일)
주소 (03991) 서울시 마포구 동교로23길 76(연남동)
전화 02-335-4422 **팩스** 02-334-3427
저자·독자 서비스 humanist@humanistbooks.com
홈페이지 www.humanistbooks.com
유튜브 youtube.com/user/humanistma **포스트** post.naver.com/hmcv
페이스북 facebook.com/hmcv2001 **인스타그램** @humanist_insta

편집책임 문성환 **편집** 윤무재 **디자인** 장혜미
용지 화인페이퍼 **인쇄** 청아디앤피 **제본** 민성사

ISBN 979-11-7087-183-5 44800
979-11-6080-836-0 (세트)